비밀의 정원에서 만나는 왜가리 할배

야생동물의 품 우포늪

야생동물의 품 **우포늪**

2025년 5월 30일 처음 펴냄

지은이 이인식
펴낸곳 (주)우리교육
펴낸이 신명철
영업 박철환
등록 제 2024-000103호
주소 10403 경기도 고양시 일산동구 정발산로 24
전화 02-3142-6770
팩스 02-6488-9615
홈페이지 www.urikyoyuk.modoo.at

ⓒ 이인식, 2025
ISBN 979-11-92665-90-0 03810

비밀의 정원에서 만나는 왜가리 할배

야생동물의 품 우포늪

이인식 지음

우리교육

물안개 속에서 길을 묻다,
생명의 노래를 듣다

새벽이 오면 우포늪은 세상의 모든 소리를 삼킨다. 짙은 물안개가 늪을 감싸고, 동쪽 하늘은 서서히 붉게 물든다. 나는 숨을 죽인 채 한 발 한 발 늪속으로 걸어 들어간다. 차가운 공기 속에서도 살아 숨 쉬는 생명들의 미세한 떨림이 발끝과 손끝으로 전해진다.

새벽빛이 물안개를 비출 때, 우포늪은 세상에서 가장 깊은 고요와 가장 순수한 생명의 노래를 부른다. 누군가 내게 물었다.

"왜 하필 늪인가요?"

나는 선뜻 대답하지 못했다. 다만 매일 달라지는 물빛과, 그 안에서 살아 숨 쉬는 수많은 생명들의 이야기가 어느새 내 안에 뿌리내렸을 뿐이다.

나는 한때 교단에서 아이들을 가르치던 교사였다. 입시 중심 교육을 벗어나 자연과 더불어 배우고 가르치는 교육을 꿈꾸었다. 하지만 세상은 빠르게 변했고, 나는 길거리 교사가 되었다. 1991년의 페놀 사태는 내 삶의 방향을 송두리째 바꿔놓았다. 죽어가는 강을 바라보며 깨달았다. 더는 미룰 수 없다는 것을. 자연과 생명을 지키는 일이야말로 내가 걸어야 할 진정한 교육의 길이라는 것을.

그렇게 운명처럼 우포늪을 만났다. 이곳은 시간이 흘러도 버려지지 않고, 수많은 생명들의 마지막 성채가 되어 있었다. 나는 교단을 내려놓고 늪 가에 터를 잡았다. 매일같이 늪을 걷고, 늪을 기록했다. 물안개 속에서 피어나는 물풀들, 장마 끝에 힘겹게 둥지를 옮기는 수달 가족, 늪 바닥을 더듬으며 물고기를 잡아내는 어부의 손길. 밤이 깊도록 새들은 울었고, 늪 건너 별이 쏟아졌다.

나는 온몸으로 느꼈다. 야생은 언제나 살아 있고, 자연은 인간이 잊어버린 언어로 끊임없이 말을 걸고 있다는 것을.

"삶이란 자연을 사랑하는 법을 배우는 과정이다."_법정 스님

그날 새벽, 우포늪은 더욱 고요했다. 물안개는 짙게 깔렸고, 하늘은 느리게 밝아왔다. 나는 따오기 야생방사장 앞에 서 있었다. 마침내 문이 열리는 순간, 한 마리의 따오기가 망설임 없이 날개를 퍼득이며 하늘로 솟아올랐다. 푸른 하늘 속으로 날아오르는 살구빛 날개. 햇살을 받아 무지갯빛으로 반짝이는 깃털. 나는 조용히 무릎을 꿇었다. 그것은 단순한 야생 방사가 아니었다. 사라졌던 생명이 다시 이어지는 기적이었다.

"자연은 결코 우리를 속이지 않는다. 우리 자신이 스스로를 속일 뿐이다."_장 자크 루소

우포늪은 사계절 내내 변화하며, 살아 숨 쉰다. 봄이면 새들이 물 위를 스치듯 춤추고, 여름이면 비에 젖은 풀 내음이 늪을 채운다. 가을이면 황금빛 노을이 늪을 물들이고, 겨울이면 얼음 밑 작은 숨결마저도 귀하게 빛난다.

 들어가며

　나는 이 순간들을 품었다. 따뜻한 눈빛으로 늪을 바라보는 아이들, 숨죽여 별을 올려다보던 소년의 눈망울, 물안개 속에서 길을 잃을까 두려워하다가 오히려 자신을 되찾은 사람들의 고백.

　이 늪은 생명을 잃어버린 이들에게 다시 생명을 가르쳐주는 곳이다.

　이제 나의 마지막 소원은 분명하다. 우포늪의 과거를 복원하고, 사람과 야생이 평화롭게 어깨를 맞대는 공간으로 남기는 것. 따오기가 자유롭게 하늘을 날고, 아이들이 별빛 아래서 생명의 숨결을 느끼는 곳. 나는 오늘도 늪 가에 선다. 숨을 죽이고 새벽을 기다린다. 그리고 고요한 물빛 속에 작은 소망 하나를 띄운다.

　"언젠가, 당신도 이곳에 와서, 물안개 속에 길을 묻기를."

　별이 흐르고, 생명이 노래하는 이 늪에서, 우리는 다시 살아날 것이다.

3부 우리 곁으로 돌아온 따오기

4부 우포늪 생명길 지도

5부 야생의 길에서 맺은 인연

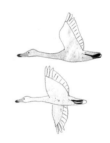

1부
우포늪에서 꿈꾸는 생태혁명

우포늪에 왜 사냐고 물으면
그냥 웃지요

우포늪을 보며 세상 이치를 새로 배우고 있어요. 너무 좋아서, 도시에서 아등바등 사는 사람들에게 미안할 정도예요. 그렇지만 자연만 즐기고 있을 생각은 전혀 없습니다. 13년 전 한 언론사가 왜 우포늪에 들어와 사느냐고 물어서 대답한 말입니다. 오늘도 내 머릿속을 떠나지 않는 말을 되뇌며 '비밀의 정원 우포늪'을 걷습니다.

1986년 "행복은 성적순이 아니잖아요?"라며 중학생이 유서를 쓰고 죽었다는 언론보도를 보고 큰 충격을 받았습니다. 그때 30대 초반 젊은 교사로 인문고로 진학할 아이들에게 쉼 없이 자율학습을 강요하던 시절이었습니다. 우리 반 아이가 학업에 견디다 못해 가출하고, 이웃 학교에서는 담임교사가 성적 독려로 소금물을 먹였다는 소문까지 들려옵니다. 한마디로 학교는 입시 전쟁터였습니다. 인문고 진학을 위해 모의고사를 학교별로 비교 평가하면서 아이들을 달달 볶던 시절이었습니다. 그런 상황에서 "행복은 성적순이 아니잖아요"라며 유서를 쓰고 숨진 아이의 글을 보며 '우리 아이들도 이러면 어쩌지?' 무서운 생각이 들더군요. 그때부터 입시용 참고서가 아니라 참교육의 길이 무엇인지를 고민하는 책들을 뒤졌습니다. 루소의 자연으로 돌아가라, 페스탈로치의 노동교육을 통한 인

간성 회복 등에 관한 책은 큰 힘이 되었죠.

그러다가 젊은 동료 교사들이 모여 교육제도에 대한 고민을 나누기 시작했습니다. 마침 1987년 6월항쟁 시기 사회분야별 민주화 열기 속에 동료 교사들과 교육민주화 대열에 나섰습니다. 우리가 교육민주화운동을 처음 시작할 때 '들꽃은 스스로 자란다'라는 말을 참 좋아했습니다. 이미 거창의 샛별초등학교와 중학교, 고등학교 같은 학교는 그런 정신으로 아이들을 교육하고 있었죠. 그래서 교육민주화를 열망하는 교사들이 거창에서 모여 '전국교직원노동조합' 결성을 위한 깊이 있는 토론을 거쳐 1989년 5월 '민족, 민주, 인간화'를 주장하며 '전교조'가 탄생한 것입니다. 당시 수만 명 현장교사의 지지와 후원 속에 교육민주화 세력이 탄생했지만, 노태우 정권은 공권력으로 탄압하며 끝까지 저항하는 교사들을 길거리로 쫓아냈죠.

이렇게 장황하게 지난 세월을 늘어놓는 것은 그러한 세월의 인연이 우포늪 보전과 순천만 보전 등에 불씨를 지핀 까닭입니다. 운명인지 해직 교사로 교육운동에 열심일 때 낙동강 페놀 사건이 터진 것입니다. 페놀 사건을 수습하면서 환경단체가 만들어지고 그 인연으로 조현순 가톨릭 여성회관 관장, 양운진 경남대 교수 같은 귀한 인연들을 만나면서 시민사회 속에서 역할도 알게 되었습니다.

자연에 기대어 살면서 자연스럽게 살아요

2010년 우포늪 세진마을에 빈집을 수리하여 들어왔습니다. 이듬해 3월 12일에는 따오기 자연학교(우포자연학교)를 개교했고요. 11명 이내의 작은 주말 기숙학교입니다. 교육 내용이 자연에서 잘 노는 것이랍니다. 모두 자원 교사와 부모들이 같이 와서 밥해 먹고 우포늪 안에서 이것저 것 하면서 스스로 사는 법과 자연을 사랑하는 법을 배우는 곳이었습니다. 첫날, 아이들이 밭에 씨도 뿌리고 교육과정 워크숍도 하면서 1박 2일을 보냈습니다. 그렇게 보낸 세월이 13년이군요. 지금은 시골 창고를 도서관과 자연학교로 개조해 만들어 주말에서 월 1회로 줄어 분기별 자연학교로 운영합니다. 나이가 들고 열정적인 자원 교사가 부족하여 그렇게 되었습니다. 지난 세월 이때쯤 북쪽으로 떠나는 고니류 모니터링을 아이들이 직접 하는 페북의 과거 사진을 보면서 50대 말, 도시의 삶을 정리하고 자연에 기대어 살겠다고 들어와서 야생동식물들과 매일 만나면서 행복했던, 지금도 평화로운 삶을 회고해 보는 셈입니다.

하루 두 끼 먹는 밥상의 모습은 비슷하지만, 계절에 따라 차이는 있습니다. 자연의 선물로 가지 수가 다양하죠. 상추, 배추, 시금치, 무말랭이와 깻잎, 고추짱아치, 따뜻한 밥에 얹어 먹는 밀장까지…. 이 밥상은 쌀과 배추된장국까지 인연의 고리로 만들어지는 위대한 밥상입니다. 특히 서정희 짚풀 명인 어머니께서 매년 담가서 나누어 주시는 밀장은 명품이고요. 밥 속에 제자도, 친구도, 지인도, 이웃까지 인연의 끈으로 나를 위하여 함께 나누어준 고마운 분들에게 두 손을 모읍니다.

14년 세월 변함없이 늪 길을 걸어 맑은 공기 속에 내 몸을 온전하게 맡기면서 매일 매일이 평화롭고 행복합니다. 습지보전과 현명한 이용이라는 평생 화두를 실현하기 위해 오늘은 매화향 맡으며 동네 한 바퀴 돌며, 나무며 새들에게 일일이 안부를 묻습니다. 따오기 한 마리가 거짓말처럼 창고도서관 앞에서 선회하다가 떠나는군요. 곧 봄이 오면 도서관과 자연학교의 겨우내 묵은 때를 벗겨내고 내부 정리를 해야겠습니다. 때까치도 저를 빤히 쳐다보며 '하부지 곧 버드나무에 연두빛 오르고 흰눈썹황금새 예쁜 소리 내면 자운영도 부끄러운 웃음으로 불그레한 마음 보여주겠지요'라며 봄을 재촉합니다.

1998년 3월 2일 우포늪이 람사르습지로 등록된 날이다 꼭 16년이 지난 2008년에 두 가지 큰 역사적 일이 일어납니다. 우포늪을 기반으로 한 제10차 람사르협약총회가 경남에서 열리고, 중국으로부터 멸종된 따오기 한쌍을 들여온 해이기도 합니다. 이런 일을 하는데 가장 큰 디딤돌이 된 것은 1989년 교육민주화로 학교 현장에서 쫓겨난 탓이기도 합니다. 지금 생각해 보면 국가는 나를 버렸는데, 나는 인민과 국가를 위해 가시밭길을 걸은 셈입니다. 91년 낙동강 페놀사건 이후, 무엇보다 나의 삶은 습지보전운동과 교육운동을 통하여 스스로 새로운 세상을 보는 눈이 열렸습니다. 한마디로 자연을 통한 배움이 깊어졌고, 낙동강 물처럼 도도히 흐르는 역사 속에서 스승들을 찾은 것입니다.

남은 일은 일상적으로 아이들의 웃음을 들으며 자연배움을 나누고, 북에도 사라진 따오기를 품고 평양행 비행기에 오르는 일입니다. 덧붙여 기후재난 시대에 우포늪 면적을 일제시대 전으로 복원하는 일입니다. 그래서 홍수터 확보와 비 홍수기에는 야생동물 공원으로 활용하여 아이들과 가족들이 야생과 공존공생하는 공간을 만들고, 평소 밥 나누는 독수리 먹이가 되어 하늘나라로 떠나는 것이 소원입니다. 어쩌면 이 단순한 소망이 하늘의 뜻인지도 모릅니다.

우포늪에서 꿈꾸는 생태혁명

우포늪 풍광을
말로 표현하기가 어렵다

창녕의 주산인 화왕산에서 구름 사이로 둥근 해가 솟아오르고, 우포 늪에는 백조의 호수에 사는 북쪽에서 날아온 겨울 철새 고니와 기러기들이 아침 식사를 하는 평화로운 아침입니다. 특히 기러기들은 주민들이 철새 먹이터로 만든 보리밭에서 오리류와 같이 식사합니다. 그 모습이 제집 앞 창문으로 눈에 들어오네요. 몇 년 동안 코로나를 겪은 후에는, 가족 단위로 우포늪 생명길을 걸으며 자연을 즐기는 사람들이 많아졌지요.

우포늪에 사는 사람과 야생동물은 모두 안녕합니다. 도시는 여러모로 어수선한 새해를 맞지만 자연과 농업이 공존하는 한터 앞뜰은 평화로울 수밖에 없지 않은가요. 그러나 이런 평화가 단순히 지역주민만 조심한다고 지속적으로 유지된다고 볼 수는 없죠. 이를테면 우포늪에서 아무리 따오기 복원을 위해 노력해도 주변의 먹이터가 제대로 만들어지지 않으면 성공하기가 어렵다는 것은 누구나 알고 있습니다. 그래서 주변의 과거 습지를 복원하고, 따오기들이 움직이는 동선을 파악하여 우선 그 주변부터 서식지를 확보하여 친환경농업으로 전환하는 연결망을 생명그물처럼 촘촘하게 짜야 합니다.

새해에도 따오기들의 먹이터와 우포늪 주변 마을에서 잠자리로 이용하는 곳을 꼼꼼하게 관찰하고 있습니다. 1월 4일 오후 겨울 햇살 내리쬐는 시간에 따오기 6마리가 늪 안 둔치에서 먹이 찾기를 하고 있어요. 백로 한 마리도 햇살 아래 졸면서 따오기들과 어울리는 모습이 신선들이 옛 풍속도 그림 속에서 노니는 것 같은 모습입니다. 마음으로 소리를 질렀어요. 그래! 너희들이 늪 안에서 다른 새들과 어울려서 먹이활동을 하는 것이야말로 복원센터에서 제공하는 먹이에 의존하는 것이 아니라, 스스로 세상에서 힘들게 먹이를 구하는 과정에서 더 강하고 오래도록 살아남는 법을 터득해 가는 과정이리라. 간혹 1~2마리가 늪 안이나 근처 논에서 겨울철 먹이를 구하는 모습은 여러 차례 관찰했지만, 6마리가 집단으로 야생에서 먹이를 구하고, 또 복원센터 안으로 들어와서 논에서 미꾸라지잡이를 하는 모습은 다양하게 먹이를 구하는 행동에 익숙해지는 좋은 징조여서 오랫동안 지켜보았습니다. 논과 늪 안 둔치 그리고 근처 미루나무 위에서 깃털을 다듬는 모습은 다른 야생의 조류들이 하는 행동과 다르지 않아 기쁜 날이었습니다.

겨울 나목은 어머니 품이다

　자연이 바위에 새긴 얼굴들을 보며 가끔 생각에 잠깁니다. 늪 길을 따라 걸으면 햇살 고운 날에는 자연이 만든 숱한 그림과 자연예술품이 유난히 눈에 들어옵니다. 산밖벌에서 토평천 하류를 따라 유유히 흐르는 수달을 봅니다. 머리만 내놓고 긴 몸체를 흐름에 맡긴 채 그렇게 여유 있게 흐르고 있습니다. 나이든 왕버들도 겨울철이라 완전 나목입니다.

　발가벗긴 고목은 춥지도 않은지 오히려 큰오색딱따구리와 청딱따구리에게 몸속에 있는 벌레들을 먹이로 내어줍니다. 둥지를 미리 만드는 딱따구리류에게는 부드러운 살점을 하나씩 내어주어 가지 속 둥지에는 햇살과 바람을 친구로 받아들입니다. 그 모습을 오랫동안 쪼그리고 앉아 지켜보다가 고마운 마음이 쑥 들어옵니다. 겨울 내내 딱따구리들이 고생하여 쪼아서 만든 나뭇가지 둥지도 일 년을 쓰고 나면 버리고 다른 나뭇가지에서 새집을 마련합니다. 딱따구리들 덕분에 박새나 딱새 등 산새

들에게는 숲속 곳곳이 그들의 보금자리가 생기고, 그곳에서 자식들을 생산하는 거죠. 아름다운 협력관계입니다. 숲속에서는 나무들이 야생동물들에게는 어머니 품이기도 합니다. 가끔 뱀이 나뭇가지 속 둥지의 알이나 새끼들을 먹기 위해 나무를 타고 오르면 근처에 사는 까치가 와서 뱀을 쫓아내기도 한답니다. 이처럼 짐승들도 그들 방식으로 협력하며 살아갑니다. 줄풀들이 늘어진 곳에 고니류들이 하얀 깃털과 부리를 처박고 먹이 활동에 열심입니다. 때로는 부드러운 풀줄기와 뿌리를 먹기 위해 온몸으로 다리와 몸을 흔들어 대기도 하고요. 그 틈새를 이용해 물오리들은 그곳에서 생기는 부유물질에서 자신의 먹이를 구하기도 합니다. 간혹 따오기도 미꾸라지를 찾아 입에 넣으려고 하면 근처 백로와 왜가리들이 쫓아와서 먹이를 뺏으려고 합니다. 이처럼 야생에서는 먹이활동을 하면서 협력하기도 하고, 경쟁하기도 합니다. 그러나 인간의 탐욕은 끝이 없어 자연 파괴로 인류의 생존 문제뿐만 아니라 미래세대로부터 원망이 켜켜이 쌓여가고 있습니다.

따오기와 재두루미가 머무는 곳

마침 따오기 2마리도 재두루미가 머무는 곳 주변을 비행하는 모습을 보며 언제쯤 우포늪에 세계적인 희귀조류들이 함께 머무는 장소로 될 수 있을까를 생각합니다. 과거에는 흔하게 두루미류들이 이곳 우포늪 주변에 봄가을에 머물기도 하고, 때로는 고니류와 기러기류 등이 주민들의 단백질원이 되기도 한 겨울 철새들이었습니다. 그런데 산업화와 농약 과다 사용 등으로 희귀종이 되었습니다. 그래서 순천만이나 주남저수지 같은 곳에서만 볼 수 있는 귀한 새가 된 셈입니다. 그런데 일본에서는 겨울철 먹이주기와 농약, 오염관리를 철저히 해 동북아시아의 90%에 이르는

재두루미와 흑두루미가 이즈미 습지와 들판에서 겨울을 납니다. 과거 이
들 새들은 우리나라 낙동강을 비롯한 주변 습지에서 겨울을 나던 새들
이어서, 선비의 걸음걸이나 행동이 학처럼 단아하게, 우아하게 품격 있는
자세의 모범이었습니다.

　그래서 영남의 유생들이 과거에 급제하면 학이나 따오기 같은 관복을
입고 우아한 걸음걸이로 조정에 나아간 것이리라. 구미 모래톱 근처 선비
들이 모였던 황학정과 우포 세진마을 근처에 학음제나 생학마을이 있는
것도 옛사람들은 날짐승이지만 사람도 본받아야 할 기품 있는 자세와
행동을 눈여겨보고 실천행동으로 옮겼으리라 짐작됩니다. 실제로 지금
은 고인이 되신 마을 노인이 생전에 글쓴이에게 6.25 전에는 마을 앞 논
에서 봄가을 머물면서 볍씨를 찾아 먹이활동을 하던 모습을 볼 수 있었
다고 생생하게 들려준 적이 있습니다. 이런 선조들의 이야기와 우포늪이
주는 각종 선물들을 연구하고, 찾아내어 지역경제에 도움이 되도록 시

대에 적합한 생태문화 디자인으로 꾸며내야 합니다. 이런 지혜로 행정과 주민, 전문가들이 협업할 때, 현재 어려운 경제 상황을 지역에 적합한 모델을 만들 수 있을 것입니다. 이제 우포늪에서 할 일은 철두철미하게 이곳의 야생동식물을 바탕으로 생태경제 자산을 준비해야 합니다.

우포늪에서 꿈꾸는 생태혁명

봄날 연두빛 우포 왕버들은
어머니 품이다

우포늪의 겨울은 삭막하기도 하지만 햇살이 올라오면 나목에게는 따뜻한 풍경이 연출됩니다. 잠시 햇살을 받으며 졸린 듯한 왕버드나무가 살얼음을 지나 물 위에 살짝 그림자를 드리우네요. 이렇게 추운 겨울을 지나 봄을 맞으면 나는 즐겨 왕버들을 벗 삼고 길을 나섭니다. 대대제방에서 겨울 철새들이 떠날 채비를 할 즈음 버드나무류들이 제각기 연둣빛과 연초록빛 색깔을 뽐내며 봄의 향기를 내뿜습니다. 우포늪의 왕버들은 봄을 부르고 만드는 주인입니다. 그렇게 뚜벅뚜벅 걸어 비밀의 정원에 닿으면 뭇 생명의 소리와 아름다운 풍광을 눈앞에 놓고 잠시 눈부터 감습니다. 눈을 감으면 모든 게 보입니다. 새들의 날갯짓도, 쇠오리의 호루라기 소리, 물속에 잠긴 왕버들 잔뿌리 흔들림까지 머릿속에 그려지는 것이죠. 눈을 뜨면 눈앞에 나타나는 풍광만 볼 뿐, 자연 속에 스며 있는 내 모습이 아니라 눈앞에 나타나는 사물에 머무는 순간순간에 눈동자가 따라 움직일 따름입니다. 다시 눈을 감고 포레의 '파반느'를 감상하며 지나온 길을 묶어, 머리 속에서 한편의 영화를 만듭니다. 왕버들의 가지를 오르내리며 깔깔대며 웃음 짓는 아이들의 몸짓과 그 모습을 둥지를 오가며 관찰하는 흰눈썹황금새와 오색딱따구리의 행동도, 가끔 나뭇가지 맨

위에 앉아 아이들이 긴장하여 나무를 움켜쥐고 조심조심 이동하는 모습을 지켜보는 터줏대감 우포 왜가리도 왕버들이 세상을 향하여 품어내는 왕버들의 너른 품입니다. 그 품속에서 온몸을 기대거나 하늘을 향해 드러눕기를 하면서 나도 자연의 일부가 되기를 준비하는 셈이죠. 그렇게 매일 잠시 스쳐 가는 고라니(물사슴)처럼 밥 먹고 목욕하고 풀밭을 달리는 그 모습을 흠모하며 살아내는 하루하루가 행복합니다. 우포늪을 보며 세상 이치를 새로 배우고 있으며, 너무 좋아서 도시에서 아등바등 사는 사람들에게 미안할 정도이지만, 혼자 자연만 즐기고 살 생각은 전혀 없습니다. 우포늪의 치유의 힘을 느끼며 생태를 관찰하고 기록하면서 세상과 마주하며 정의로운 삶을 산 벗들이 자연으로 온전하게 돌아올 수 있도록 작은 터전을 만들어 함께 미래세대와 야생의 벗들과 살아갈 꿈을 꾸며 살고 있습니다.

맹그로브처럼 탄소 흡수력이 뛰어난 왕버들

왕버들은 탄소 흡수에 중요한 역할을 합니다. 이 나무는 빠른 성장 속도와 넓은 잎사귀 면적을 가지고 있어, 대기 중의 이산화탄소(CO_2)를 효과적으로 흡수할 수 있습니다. 왕버들은 광합성 과정을 통해 태양 에너지를 이용하여 이산화탄소와 물을 흡수하여 산소를 방출하고, 탄소를 고정시킵니다. 이를 통해 대기 중의 이산화탄소 농도를 감소시키고, 탄소를 지구에 고정시켜 지구 온난화를 완화하는 역할을 합니다. 또한, 왕버들은 뿌리를 통해 토양에 이산화탄소를 저장하는 역할도 하죠. 이산화탄소는 토양에 고정되어 오랫동안 저장될 수 있으며, 이는 탄소 중립화 및 지속 가능한 생태계 유지에 기여합니다. 따라서 왕버들은 환경 보호와 탄소 저감에 기여하는 중요한 나무종 중 하나입니다. 그들의 탄소 흡수

능력은 기후 변화와 탄소 배출에 대응하는 데 도움을 주고, 지구 생태계의 균형을 유지하는 데 일조합니다. 습지 형태의 서식지에서 버드나무류는 탄소 흡수에 중요한 역할을 합니다. 연구에 따르면, 습지 형태의 서식지에서 버드나무류는 자동차 약 2,500대에서 배출되는 이산화탄소를 흡수할 수 있는 능력을 가지고 있습니다. 맹그로브의 탄소흡수 속도는 육상보다 최대 50배 빠르다고 합니다. 이는 맹그로브가 탄소흡수에 있어서 매우 효율적인 생태계임을 의미합니다. 구체적으로 맹그로브는 헥타르당 연간 1.62톤의 탄소를 흡수할 수 있습니다. 이는 국제사회가 인정하는 해양 탄소 흡수원 중 하나로, 갈대의 탄소흡수량이 0.91톤, 잘피는 0.43톤임을 고려하면 맹그로브의 탄소흡수 능력이 매우 뛰어남을 알 수 있습니다. 습지학회가 논문에서 발표한 남한강과 낙동강의 버드나무군락에서 생태계 기능의 지표인 식물군집의 1차 순 생산량, 탄소흡수량과 낙엽

분해율을 각각 측정하였습니다.

순 1차 생산량과 유기 탄소흡수량은 우리나라에서 보고된 값 중에서 가장 높았습니다. 이는 다른 군락보다 버드나무군락을 하천변에 조성하면, 이산화탄소를 빠르게 제거할 수 있음을 의미합니다. 습지학회의 결과를 보면 우포늪과 같은 습지보호 지역이나 강과 하천변에 자생적으로 자라는 버드나무류들이 얼마나 기후위기 시대에 탄소흡수량이 많은지를 알 수 있습니다.

왕버들이 하는 생물 다양성 기능은

왕버들, 즉 버드나무는 생물 다양성에 중요한 기능을 합니다. 이 나무는 주로 습지나 냇가에서 자라며, 이러한 환경은 다양한 생물들에게 서식지를 제공합니다. 왕버들은 다음과 같은 생물 다양성 기능을 수행하고 있습니다. 왕버들은 큰 키와 넓은 잎을 가지고 있어, 많은 종류의 새들과 곤충들에게 서식지를, 그들의 굵은 줄기는 동물들에게 보호소를 제공합니다. 왕버들은 물에 잠길 때 식물 호르몬의 변화를 통해 살아남을 수 있습니다. 이러한 호르몬의 변화는 식물의 구조에 변화를 일으키고, 이산화탄소와 유해 가스를 배출시키며, 부정근을 발생시켜 물에 잠겨 쇠약해지거나 고사한 뿌리의 기능을 대체합니다. 왕버들은 생태계 서비스를 제공하는데, 이는 생물다양성의 보호 및 관리, 생물다양성 구성요소의 지속가능한 이용, 생물다양성에 영향을 주는 유입주의 생물 및 외래생물의 관리 등에 기여합니다. 왕버들(Salix chaenomeloides)은 낮은 지대 습지 및 냇가에서 자라는 낙엽 활엽 큰 키 나무로, 생물다양성과 생태계에서 중요한 역할을 합니다. 왕버들의 특징 및 생태적 특성은 왕버들은 키가 20m, 지름 1m 정도로 자라며, 나무껍질은 회갈색이고, 겨울눈은 난

형입니다. 잎은 타원형이며, 광택이 나고, 뒷면은 흰색입니다. 가장자리에는 작은 톱니가 있습니다. 꽃과 열매는 4월에 꼬리 모양 꽃차례로 피며, 암수딴그루이고, 단성화입니다. 열매는 삭과이며, 5~6월에 익고요. 우리나라 강원도, 충청도, 경상도, 전라남도 등에 자생하며, 일본 혼슈 중부, 중국 서남부~중북부 등에 분포합니다. 왕버들의 유용성은 그 아름다운 모습 때문에 관상용으로 심기도 하죠. 습지 및 냇가에서 자라는 왕버들은 해당 환경에서 생물 다양성을 유지하는 데 중요한 역할을 합니다. 다양한 수생 생물과 조류의 서식지로 기능하며, 생태계의 건강성을 유지하는 데 기여합니다.

징검다리 옆 일곱 그루 왕버들과 인연

물기를 흠뻑 머금고 있는 왕버들도 여러 생명들을 키웁니다. 도깨비불을 키우는 큰어머니 노릇을 합니다. 시골 마을이나 개울이 흐르는 논둑을 따라 걷다 보면 비스듬히 개울 쪽으로 기울어져 자라는 나무들을 볼 수 있습니다. 대부분 버드나무군락입니다. 그중에서도 선조들은 큰 고목으로 자라는 왕버들을 당산목으로 이용하여 마을의 안녕을 빌었습니다. 그 풍광은 고향 마을의 그리움을 나타내는 모습입니다. 우포늪에도 왕버들 군락지로서 대표적인 곳이 징검다리 주변 일곱 그루의 왕버들 모습입니다. 한때 이 왕버들 군락지도 사라질 뻔한 일이 있었습니다. 보호지역이 되기 전에 왕버들 군락지 주변은 농부들이 농사짓는 땅이었습니다. 그래서 농사짓는데 그늘이 생기지 않도록 왕버들을 베어내는 현장에 마침 제가 있었습니다. 다행히 나무 베는 일을 중지시키고 이듬해에 보호지역이 되면서 살아남은 행운목이기도 합니다. 지금은 많은 사람들이 이곳을 방문하면 아름답고 야생의 느낌을 많은 곳이라며 기념사진을 남기는 명소가 되었습니다.

　우포늪에 연초록빛 왕버들과 자운영이 민들어내는 봄 풍광과 잉어, 붕어들이 산란하는 모든 생태계의 중심에 왕버들이 어머니의 품처럼 포근하고 당당합니다. 수달도 기대어 살고 삵도 기대어 살며, 원앙도 자식을 낳고 기르는 곳입니다. 이런 우리 지역의 귀중한 자산을 어떻게 보전하고 생태계서비스 자원으로 활용할 것인지도 함께 고민하는 봄날이기를 빌어봅니다.

40년 만의 경사,
따오기·황새·저어새가 노니는 우포늪

우포늪에 4마리 황새가 나타났습니다. 큰 경사입니다. 예산에서 방사한 녀석들인데 제법 나뭇가지까지 물고 이곳에 둥지를 틀 준비를 하는 듯합니다. 따오기 복원을 제안한 고인이 된 김수일 교수가 꿈꾸었던 세상이 되어가고 있습니다. 황새들은 우포늪에 오기 전에 용호벌에서 일주일을 지낸 것으로 황새복원센터에서 확인해 주었습니다. 열흘이 넘게 늪에서 슬기롭게 적응하면서 살아가고 있습니다. 우포 따오기의 둥지 트기 준비와 더불어 올해 늪의 봄은 화려합니다.

이번에 우포늪에 안착한 황새는 우포늪에 따오기 복원을 제안한 김수일 교수가 교원대에서 복원하여 예산에 방사한 무리입니다. 방사하는 날 지역주민과 아이들 틈에서 황새 방사에 참여했는데, 예산 하늘을 빙빙 돌며 참가한 이들에게 인사를 하는 듯했고요. 그 중 한 마리는 일본 오키나와까지 비행한 것으로 알려져 있습니다. 한때 일본 토요오카에서 복원한 황새 한 마리가 김해 화포천과 주남지, 우포늪, 남강 모래톱 등에서 발견되어 언론에서 추적 보도를 하기도 했습니다. 이렇게 황새가 우포늪에서 오래 머물면서 둥지를 트고 따오기들과 어울리기 시작하면 국제적인 화제가 될 것입니다.

　　황새목 저어새과 따오기까지 우리나라 멸종위기종 삼형제가 우포늪을 방문한 것은 우포늪의 자연생태 가치에 대한 국제적 평가가 조만간 따르리라 봅니다. 대한민국에서 사라진 따오기와 황새가 만나고, 시베리아에서 방문하여 40여 마리가 겨울을 나고 조만간 떠날 노랑부리저어새까지 한 식구가 되어 먹이활동을 하는 것은 40년 만의 경사입니다. 황새는 멸종위기 야생동물 1급과 천연기념물 199호로 지정(1968년) 등록되어 있고, 세계자연보전연맹(IUCN)에 멸종위기종으로 분류되어 국제적으로는 약 2,000개체 내외 정도가 생존하는 것으로 파악된다고 합니다. 따오기도 판문점에서 40년 전에 멸종한 것으로 기록되었지만, 대한민국의 마지막 황새도 충북 괴산에서 사냥꾼의 총에 맞아 사라졌습니다. 한국에선 지난 1971년 충북 음성군 생극면에서 마지막 황새가 관측되었습니다.

연두 빛 물그림자가 자연 갤러리

　자연은 매일매일 감성을 풍성하게 하는 시(詩) 그림 전시장입니다. 야생은 꽃 향과 움직이는 것들의 살아있는 봄 그 차제죠. 연두빛 버드나무들이 물그림자에 자연 전시장을 열었습니다. 봄이 깊어지면서 야생 따오기도 부지런히 움직입니다. 어둠이 내리는 시간까지 늪에 기대어 살아가면서도 하루가 너무 짧군요. 세상 혼란에 묻혀 사람들은 봄날이 빨리 지나는 것 같아 안타까워합니다. 봄날은 천천히, 사라지기를 빌면서 노을빛 따오기 소리를 듣습니다.

　우포 따오기가 지난해 5월 22일 야생으로 40마리가 나갔습니다. 지금은 절반 정도 살아남았지만, 다른 나라의 경우 사라진 종을 복원하는데, 오랜 시간이 걸렸던 경험을 참고로 하여 긴 시간을 지켜보아야 합니다. 오늘도 우포 따오기들은 둥지 마련하느라고 부지런히 동네마다 다니며, 좋은 소나무를 찾아다닙니다. 한편 멋진 사랑을 위하여 논에서 목욕도 자주하고요. 목소리도 크고 청아하죠. 여러 곳에서 사랑을 나누는 모습이 목격됩니다. 잠어실 주민들도, 옥천마을 어르신들도 따오기들의 움직임을 나무를 가리키며 자세하게 행동하는 모습을 이야기합니다. 노동마을 형설의 전당과 정봉채 작가까지 매일매일 따오기의 움직임을 관찰하고 있습니다. 노동마을의 경우, 마을에서 조성한 연밭에 미꾸라지를 넣었는데, 용하게도 그곳에서 따오기 두 마리가 먹이활동을 하더라는 것입니다. 소목에서도, 사지포 뒤편에서도 따오기들이 소나무에서 쉬어가거나 먹이를 찾기 위해 논에 머무는 모습을 자세하게 알려줍니다. 한편, 따오기가 스스로 먹이를 찾기 위해 머무는 논들을 관찰하다 보면, 대부분 따오기 복원센터 주변 논에서 먹이를 취하지만, 세진마을과 다부터 등 논에 그루터기가 있는 곳에서 작은 애벌레를 찾아 먹기도 합니다.

자연관찰로 인간의 삶 찾아내기

우포늪에도 연초록 버드나무 빛깔이 봄날을 아름답게 수놓고 있습니다. 이 길을 걷는 방문객들은 행복의 소리를 새들처럼 내며 즐거워합니다. 딱따구리도 수리부엉이도, 박새, 뱁새, 오목눈이들도 버드나무 새순을 따먹으며 사람처럼 봄 건강식을 즐깁니다. 그렇게 봄날은 가네요. 조만간 남쪽나라에서 휘파람새, 흰눈썹황금새와 꾀꼬리들이 오고, 잉어, 붕어들이 산란 준비로 물위로 펄떡 펄떡 물 위로 뛰어오르면 삶들도 물고기 잡아 배 불리느라고 신이 납니다. 따오기들도 숲속에서 산란 준비를 하느라고 깊숙하게 숨어들었습니다.

우포 따오기는 더 멀리 더 높이 자유 비행을 하면서 늪과 화왕산, 주변 마을 소나무 숲과 나뭇가지에 머물면서 주민들 누구에게나 물어도 따오기 소리를 듣는다고 말합니다. 봄이 깊어지면서 뭇 생명들도 먹이활

동과 교미 준비를 위한 몸춤이 격렬해집니다. 뱁새도 덤불에서 나와 나무에서 먹이를 찾아냅니다.

　이런 자연의 모습을 잘 관찰한다면 아이들과 젊은 세대들이 살아갈 세상은 네트워크(연결망) 사회라는 걸 공감할 수 있습니다. 야생 따오기가 스스로 먹이를 구하고, 둥지를 트는 과정을 관찰기록 하면서 자연과 인간의 사회관계망을 꼭 학교가 아니더라도 거미줄처럼 형성하는 법을 깨우치게 될 것입니다. 한편 인간 세상이 다양한 전염병과 자연 파괴로 삶의 현장이 혼돈을 겪을 때, 오히려 생태계복원으로 새로운 삶의 공간을 창출하는 현명한 지혜를 발휘할지도 모릅니다.

우포늪에서 꿈꾸는 생태혁명

영화 타이타닉의 주연 남배우 레오나르드 디카프리오가 2014년 유엔 기후정상회의에서 외친 말이 떠오릅니다. "세계 지도자 여러분, 저는 직업을 위해 연기하지만 여러분은 그래서는 안 됩니다." 2050년 탄소중립을 이루어내지 못하면 인간도 다른 생물처럼 멸종의 길에 이를 것이라는 공포에 직면하고 있습니다. 계속되는 기후재난 앞에 우리는 개인적으로, 국가적으로, 지구촌적으로 모두가 합의된 무엇인가를 해야 할 때입니다.

우포늪에서 남북을 오가는 철새들

　우포늪의 봄은 노란 빛깔과 연초록 빛깔이 갈대 색깔 빛과 어우러져 따뜻한 느낌의 생명평화 공간이 됩니다. 물가를 걸으면 산란을 준비하는 붕어와 잉어 등이 간간이 물 위로 뛰어오르고 뱁새, 박새, 딱새, 딱따구리 등은 부지런히 나뭇가지에서 먹이활동을 합니다. 특히 뱁새는 갈대, 억새 숲에서 평소 생활하는데 봄이 되면 주로 버드나무 꽃술에서 아스피린 성분 가득한 건강식을 찾아 먹이활동을 하는 듯해요. 이렇게 만물이 춤추고, 뭇 생명이 살아 움직이는 늪에는 아직 떠나지 않은 겨울 철새들도 많은데, 연초록 버드나무 아래에서 줄풀과 매자기, 마름 줄기와 뿌리 열매에 머리를 파묻고 부리가 까맣게 되도록 먹이활동에 쉼이 없습니다. 이제 이들도 북쪽으로 다 떠나고 나면 남쪽에서 찾아오는 여름 철새들이 고향 땅에서 아름다운 지저귐으로 암컷을 향하여 사랑의 보금자리를 마련할 것입니다.

　우포늪의 터줏대감 수리부엉이도 올해 낳은 새끼를 기르느라고 밤이 되면 늪 안의 물닭과 다양한 물오리들을 사냥하면서 웅웅 소리를 내며 고독한 밤을 보냅니다. 쇠부엉이도 흰꼬리수리, 물수리, 말똥가리, 잿빛개구리매, 참매 등과 곧 우포늪을 떠날 것입니다. 그렇게 우포늪의 봄은 연

분홍 살구나무 빛깔로 화려하게 빛나는 때입니다. 겨우내 먹이나누기를 한 독수리 무리들도 20일 독수리 보내는 날 행사를 끝으로 힘든 겨울철새들의 따뜻한 남쪽나라 여행을 마치고 시베리아 아무르 강 인근 나라들로 귀향합니다. 잘 가거라!

우포늪의 보약은 버드나무 순들이다

봄 세상에 만물은 자연 안에서 스스로 보약을 찾아 먹습니다. 인간도 자연을 회복하여 건강한 봄 음식을 찾아 먹자구요. 자연에 사는 생명들은 봄이 되면 새순을 찾아 먹으면서 일 년을 준비합니다. 우리도 자연 명상을 통하여 품격 있는 일 년을 시작하면 좋겠네요. 특히 미래세대를 위해 건강한 먹거리를 국가 제도로 고민하는 시대가 되면 좋을 듯합니다. 며칠 우포를 비웠더니, 독수리도 반갑게 맞아주고, 봄 되면 건강식품 버드나무류에 뱁새도 찾아와서 예쁜 모습 보여줍니다. 비 내리는 날에도 둥지를 트고 자식을 낳기 위한 먹이활동과 교미는 봄날 매화 향처럼 짙습니다.

　자연에서는 봄이 되면 고개가 부지런해져야 합니다. 걸으면서 나무 가지 위에 앉아 새순과 벌레집에서 애벌레를 먹는 새들도 관찰해야 하고, 걷는 길바닥에는 수달이 물속에서 먹이 찾아 땅바닥에 식사 후, 남긴 흔적들도 보아야 합니다. 때로는 연애하는 녀석들 쌍안경으로 훔쳐보느라고 고개를 좌우로 부지런히 움직여야 하고요. 그렇게 느리게 걷노라면, 보통 사람 걸음보다 세네 배는 느립니다. 겨우 3~4km 걷고, 하루해를 넘기기도 하죠. 특히 봄 버드나무에 연둣빛 새순이 나오면 겨우내 덤불 사이로만 다니던 뱁새(붉은머리 오목눈이)도 나뭇가지에 앉아 꽃술을 따먹느라고 분주합니다. 박새류와 오목눈이, 오색딱따구리들이 바쁘게 나뭇가지를 오가며 내 눈과 목, 귀는 그들에게 집중하면서 섭니다. 걷다 멈췄다 하면서 겨우 30분 거리를 2시간에 걸쳐 따오기 논 앞에 서기도 합니

다. 늘 같이 다니는 따오기 3마리가 잠어실 마을 쪽으로 마실 떠납니다. 따옥따옥 청아한 울음소리 내면서 57Y 수컷은 앞서가며 따라오는 두 녀석들을 안내합니다. 마음으로야 같이 날고 싶지만, 신은 인간에게는 날개를 주지 않았으니. 새들처럼 영혼의 자유를 주지 않고, 인간들에게는 손을 주어 노동하고, 이웃과 협업하지 않으면 살아갈 수 없는 운명을 부여한 것입니다.

우포늪이라는 야생에 들어와서, 조류독감, 아프리카돼지열병, 코로나바이러스 등 무수한 자연과 인간의 공생이 무너지는 세상을 매년 보고 있습니다. 결국 자연을 침범한 인간의 죄 값인 거죠.

답답함을 해소하러 오는 도시인들을 맞을 수 있는 자연을 가꾸고, 지켜온 지역주민은 시름에 젖어있습니다. 도시인들은 마을 분들께 진심으로 고마움을 표시할 때입니다. 정부는 한발 더 나아가 새로운 친환경농업과 생태축산, 숲마을 가꾸기 등에 국가 예산을 중장기적으로 투자하여 매년 닥쳐올 전염병 재난에 생태회복이라는 정책적 과제를 지역주민

과 깊이 고민할 때입니다. 결국 농업과 자연, 사람이 일차적으로 공생할 수 있는 공간 마련에 국가재정을 투여하기를 기대합니다. 모두가 힘든 시기에 우포늪과 화왕산을 오가는 따오기가 군청 나뭇가지에 앉아 "따옥 따옥 모두 힘내요!"라는 행운의 소리는 조만간 좋은 소식이 올 것이라는 희망의 메시지입니다.

남북 긴장 완화를 위한 봄날이기를

남북 관계도 입춘을 맞아 해빙 소식이 그립습니다. 2018년 휴전선 남북 정상 밀담 때, 들리는 새소리는 우포늪과 비슷했죠. 입춘을 맞아 강이 풀리면 남북 평화의 배가 임진강과 한강을 따라 서해안으로, 동해안으로 오가기를 소원하면서…. 평화의 시기가 오면 우포 따오기와 북조선의 크낙새를 상호 복원하는 남북의 다양한 생물종 복원 교류가 이루어

지기를 기다립니다. 남북의 긴장이 최고조로 오르는 게 시골 노인으로서 너무 불안하기만 하네요. 지구촌이 평화로워야 젊은 세대들이 큰 날갯짓 하며 세계를 여행하고, 가난한 나라들의 삶도 들여다볼 텐데…. 무엇보다 지금은 기후 위기 안보와 남북 평화 준비 안보 정책으로 한반도가 어떻게 살아남아야 할 것인가를 고민해야 할 때입니다. 우크라이나와 소련 전쟁, 이스라엘과 하마스 전쟁, 동북아 위태위태 안보 위기 등에 대해 마음 졸이며 그래도 잠시나마 한반도 평화를 위해 디엠지에서 평화 회담을 위해 미·북, 대한민국 간에 노력했던 2018년 순간을 도보다리에서 찾아봅니다.

우포늪과 휴전선은 야생의 천국

2018년 5월, 판문점 새소리 기억하나요. 문재인 대통령과 김정은 위원장이 벤치에 앉아 밀담을 시작할 무렵 맑고 청아한 새소리가 반복적으로 들렸습니다. 이 소리의 주인공은 흔치 않은 여름 철새인 되지빠귀입니다. 여름 철새인 흰눈썹황금새만큼 아름다운 소리를 내죠. 오늘 아침에도 흰눈썹황금새 소리를 들으며 걸으면서 조만간 우포에서 되지빠귀 소리도 같이 들을 수 있기를, 조만간 DMZ 생태관광도 이루어져서 한반도의 풍부한 자연유산을 남북이 공유하기를 기대합니다.

"27일 역사적인 남북정상회담의 '하이라이트'는 도보다리에서 이뤄진 산책과 벤치 대화였습니다. 문재인 대통령과 김정은 북한 국무위원장은 40분 동안 배석자 없이 밀담을 나눴습니다. 이 과정은 텔레비전을 통해 전 세계에 생중계됐지만 대화 내용은 들리지 않은 채 새소리만 가득했습니다. 어떤 새들이 이 세기적인 밀담을 '엿들었을까'." (한겨레신문 18년 5월 2일 자)

　"남북정상회담의 백미로 꼽히던 도보다리 단독회담에서 TV 영상을 지켜보던 이들의 귀에 바람 소리와 함께 들려온 새소리의 주인공들은 남과 북이 갈라지기 이전부터 판문점 일대에 서식해온 터줏대감 텃세들과 까마득한 옛날부터 여름마다 한반도에 찾아오던 새들이었다." (경향신문 18년 5월 2일 자)

　두 신문의 환경 전문기자들의 예리한 촉이 새소리를 통해 "낮말은 새가 듣고, 밤말은 쥐가 듣는다"는 옛말을 연상케 합니다. 한겨레신문 기사의 말미에 우포늪에 관한 한 줄 기사가 나옵니다. "이인식 우포 자연학교장은 새들의 활동이 뜸한 오후에 이 정도라면 새벽에는 더 많은 새가 나올 것이라며 요즘 우포늪의 새벽에 보는 15종과 비슷한 수준이라고 말했다." 두 신문에 등장한 새들은 소쩍새, 방울새, 산솔새, 섬휘파람새, 청딱따구리, 오색딱따구리, 알락할미새, 박새, 쇠박새, 직박구리, 멧비둘기, 붉

은머리오목눈이, 곤줄박이, 흰배지빠귀, 되지빠귀, 꿩이었습니다. 모두 16종의 새소리입니다. 우포늪의 이른 아침 시간에는 호랑지빠귀, 흰눈썹황금새, 오목눈이, 딱새, 쇠딱따구리, 검은등뻐꾸기, 제비, 까치, 까마귀, 왜가리, 원앙 등 물새들 소리까지 합치면 25종은 넘는 편입니다. 곧 꾀꼬리와 파랑새, 물총새, 팔색조 등이 날아들고, 밤에 들리는 쏙독새와 부엉이류, 매과까지 확대하면 30종은 훌쩍 넘을 것입니다. 무엇보다 흥미로운 것은 두 정상이 밀담하는 장소에 새들의 소리만 적막을 깨고, 여름 철새의 반복되는 사랑 노래가 남북의 평화를 기원하는 듯한 모습이었습니다. 부디 이들의 사랑 노래처럼 생명 평화가 하루빨리 한반도에 자리 잡기를 간절히 빌어봅니다.

40년 만에 우리 곁으로 돌아온 따오기

　우포 따오기가 야생에 둥지를 텄습니다. 가만히 눈을 감고 두 손 모으며 크게 심호흡을 해봅니다. 2005년 중국 양현 따오기가 살고 있는 마을을 처음 방문하면서 얼마나 가슴이 쿵덕쿵덕 뛰었던가요. 저 따오기가 만약 우포 하늘에서 날아다닌다면, 어떤 그림이 그려질지 생각했던 그때가 생생하게 현실로 나타나다니! 2020년 5월 22일 유엔생물다양성의 날에 국민적 관심 속에 40마리가 야생으로 간 이후, 인근의 고령, 함안, 밀양, 제천, 영덕 등으로 이동한 따오기도 찾을 수 있습니다. 대부분 우포늪 따오기복원센터를 중심으로 아이들과 주민들이 2007년부터 따오기 논을 조성한 곳에서 먹이활동을 주로 하고 있습니다.

　2008년 10월 17일 중국과 대한민국 정상 간에 선물로 기증된 따오기를 인수하기 위하여 당시 김태호 경남지사와 함께 따오기 한 쌍과 따오기 사육사 두 사람을 데리고 김해공항으로 들어왔습니다. 마침 그때가 람사르총회 개최 일주일 전이라 국내외로 관심이 많았고, 중국도 적절한 시기 한국에 따오기 기증을 하여 외교적으로도 효과를 많이 보았습니다.

　되돌아보면 고인이 된 김수일 교수가 우포늪을 찾아와서 40년 전에 한반도에서 사라진 생물종을 다시 되살리자는 제안은 큰 의미로 새겨집니다. 그분은 돌아가셨지만, 현장 방문을 통해 가능성을 타진한 것이 오

늘의 결실을 맺은 셈입니다. 그동안 많은 사람들의 피와 땀으로 이루어
진 성과지만, 2008년 람사르협약총회를 앞두고, 노무현 대통령이 우포
를 다녀가고, 우포늪 보전과 따오기 복원에 관심을 기울였던 일도 오래
도록 기억할 일이라 생각합니다. 이후 세월이 흘러 복원센터에서 직원들
의 수고로 400여 마리까지 증식하여 따오기가 야생으로 나가 우포늪 주
변 마을 뒷산에 둥지를 텄으니, 얼마나 감사할 일인가요. 현재는 마을 주
민들이 이른 아침부터 저녁 늦은 시간까지 따오기 둥지를 지키는 수고를
하고 있습니다. 둥지를 틀고, 새끼를 길러야 하는 곳에 담비나 삵, 고양
이, 뱀, 까마귀 등 천적이 접근하지 못하도록 감시하기 위해서입니다. 한
편 복원센터에서도 직원들이 둥지 주변에 천적이 접근하지 못하도록 여
러 가지 장치를 하였습니다. 그러나 가장 무서운 것이 인간 천적입니다.
특히 새들과 야생동물 둥지를 전문으로 촬영하는 사진가들 때문에 골머리를 잃고 있습니다.

야생따오기 관찰과 잘 살아가기를 기도하는 사람들

매일 새벽에 먼 곳에서 망원경으로 감시하고, 기록하고 있습니다. 다행히 주민들이 민감하게 반응을 하고, 수시로 수상한 차가 보이거나 카메라를 소지하고 마을에 나타나면 쫓아냅니다. 따오기는 사랑과 행운의 새이기 때문에 마을 주민들은 우리나라에서 사라진 후에 다시 처음으로 야생에서 따오기가 태어날 것을 기다리며 자나 깨나 따오기를 돌보는 것입니다. 개인적으로는 거의 매일 현장에서 관찰하고, 주민들과 협력관계를 해왔습니다. 따오기복원센터는 행정적으로, 먹이터를 조성하고 둥지를 틀 가능성이 있는 곳을 관찰해 왔습니다. 반면에 저는 주민들과 평소에 따오기 이야기를 나누고, 복원에 걸림돌이 되는 인문학적 상황을 고

려하여 매일 관찰일기를 써온 셈입니다. 오늘도 이른 아침 우포따오기 관찰을 위해 나섭니다. 따오기 소리가 들리는 마을마다 노인들과 대화를 나눕니다. 세진, 소목, 노동, 옥천, 잠어실, 모곡, 호포, 저묏골 등 10여 개 마을 주민들은 아침 6시경에 따오기 울음소리를 듣는다고 말합니다. 닭 울음소리가 사라진 마을에 따오기가 아침을 알린답니다.

　어느 날 아침 마을 사람을 만났는데 따오기가 둥지를 트는 것 같다며 따오기 행동을 구체적으로 설명합니다. 15년 전 '오래된 미래' 마을인 중국 한중시 양시엔 따오기가 잠자리로 이용하는 마을을 방문했을 때 주민들이 따오기 둥지를 설명하던 때가 떠올랐습니다. 양시엔의 주민들과 아이들이 집 뒤 소나무에 따오기가 번식하는 곳을 보호하고, 감시하듯 이 우포 주변 마을 사람들도 그렇게 보호하고 있습니다.

　야생에는 들고양이와 담비, 삵, 참매, 수리부엉이 등으로부터 살아 남

아야 하는 따오기를 위해 두 손 모아 기도하고, 늘 주변을 맴돌며 지켜주는 사람들이 있습니다. 두 차례나 어린 따오기를 위해 마을 앞 논에서 먹이를 나누고, 백로나 왜가리로부터 먹이활동에 어려움을 겪지 않도록 돌보아주는 모곡 주민들의 지극 정성 돌봄도 그렇고, 응원하는 사람들이 십시일반 보내온 미꾸라지 후원금으로 수시로 자연학교를 찾는 아이들과 가족들이 함께 먹이를 나누는 아름다운 행동에 나서고 있습니다. 6월 초 모곡마을에 둥지를 튼 어린 따오기 세 마리가 첫 날갯짓을 하였습니다. 일주일 후 어린 따오기는 어미의 안내로 야생으로 나왔습니다. 논에서 스스로 먹이 찾는 모습이 예쁘기만 합니다. 귀요미들입니다. 따오기를 돌보는 복원센터 직원들도 비 오는 날 미꾸라지를 나누어주고, 마을 할머니들의 지극한 보살핌으로 이른 아침부터 마을 전체가 어린 따오기 돌보느라고 부산합니다. 그동안 따오기 가족을 3년 동안 관찰한 것들을 정리해 보면 자연에서의 행동 패턴이 일정한 것으로 나타납니다. 올해도 어린 따오기를 데리고 나온 어미들은 어김없이 모곡마을 주변 논밭에서 안전하게 어린 따오기가 날갯짓을 하고 먹이활동을 할 수 있도록 가르치고 지원합니다.

　어린 따오기 중 첫째는 어미 따라 먹이 잡는 일에 집중합니다. 둘째는 아직도 혼자 먹이잡이가 서툽니다. 엄마 부리 속에 있는 먹이를 달라고 떼를 써보지만 어미는 애써 무시합니다. 자연에서 스스로 살아가도록 참교육 중입니다. 따오기 가족 네 마리가 갓 모내기한 연두빛 논습지에서 물안개에 물들어 먹이활동하는 모습과 새벽부터 뒤쪽 양파밭에서 일하는 중국인의 도란도란 주고받는 목소리를 들으며 그들과 마늘밭 주인은 따오기에 담긴 의미를 모를 수도 있지만 지켜보는 이로서는 시간적 여유만 있으면 따뜻한 차 한잔 나누고 싶은 심정입니다. 자연 안에서 정직하게 노동하는 이들이 건강해 보이면서도 너무 애잔한 고향 그리움입니다. 물안개 사이로 햇살이 퍼지고 뻐꾸기 울음소리도 논두렁 사이로 퍼져나가는 진한 외로움이 강물처럼 흐르는 삶의 현장입니다.

내리사랑길 우포늪,
마을과 그곳에 사는 사람

제주에서 온 벗들과 우포늪을 걷습니다. 밤새 쏟아진 장맛비가 잠시 멈춘 길이 싱그러운 아침입니다. 사로길 위로 우포 따오기가 눈부신 분홍빛 날갯짓을 하는군요. '비밀의 정원'에서 그를 바라봅니다. 마침 이 시간에 사초군락지에서 야생동물 흔적 찾는 모습을 촬영합니다. 조용한 늪에 야생과 사람들이 분주한 시간입니다. 평일 이 길은 대부분 나만의 공간이죠. 『비밀의 정원 우포늪』 책도 이곳에서 구상했고, 20년 전 아이들을 위해 썼던 『우포늪의 생물』도 그랬습니다. 오늘도 '우포늪의 북두칠성'인 왕버들 군락지에서 수달과 청호반새, 물총새 등을 기다리며 왕버들 굵은 가지 뒤편에 몸을 숨깁니다. 며칠 내린 비로 징검다리는 물에 잠겨있어 이럴 때 야생을 관찰하는 시간은 '수달 다카'를 기다리는 끈질김입니다. 나에게 가장 행복한 시간은 생명력 넘치는 새벽녘에 물억새와 갈대 잎에 송알송알 맺힌 이슬 사이로 몸을 맡기고 걷는 일입니다. 풀잎을 헤쳐 나가면 온몸에 이슬방울 샤워로 온몸이 흠뻑 젖습니다. 얼굴부터 발끝까지. 그 순간은 자연과 몸이 하나가 되어 행복이 햇살처럼 쏟아집니다. 그 기쁨으로 새벽을 걷는 것이리라. 더하여 우포에서 만나는 아름다운 모습 중에 할비 할미가 손주들과 걸어가며 하는 행동입니다. 오

늘도 할비는 손주를 무등 태우고, 할미는 어부바하는 보기에 모습이 좋
군요.

우포늪 생명길이 이제 '내리사랑길'이 되었습니다. 세월이 흘러 손주들
이 할비, 할미를 모시고 우포늪에서 야생동물들에게 먹이도 주고, 손주
들이 쑥쑥 자라는 모습을 즐기는 그런 효도길이 되어도 좋겠다 싶습니
다. 여름 우포늪은 계란 꽃 향이 샤넬 향보다 은은하고, 하얀 나비들에게
는 새악시 볼만큼 이쁜가 봅니다. 꼭꼭 물어주면서 꿀맛에 취해 이리저
리 비틀거리는 날갯짓 현란하네요. 온 세상이 여름 눈꽃으로 눈부신 날,
야생 거리 두기를 하며 느릿느릿 걷습니다. 효도길, 내리사랑길은 영원한
생명길입니다.

 우포늪에서 꿈꾸는 생태혁명

따오기를 품은 세진마을은 물구디였다

최근 산밖벌이 복원되면서 6만 평의 농지는 예전 늪으로 다시 돌아갔습니다. 지금 그곳에는 출렁다리가 놓이고, 동네사람들 산책길이 되어 아침저녁으로 자연을 따라 걷고 있습니다. 휴일이 되면 탐방객들이 출렁다리를 건너 쪽지벌과 징검다리를 지나서 따오기복원센터로 길을 잡아 우포늪을 즐기기도 하고, 목포제방을 따라 소목을 지나 주매제방, 사지포제방, 대대제방을 따라 10여 킬로미터를 걷는 생명탐방 길이 되어 많은 사람들의 호응을 받고 있습니다.

낙동강 제방이 높아지기 전까지만 해도 세진마을 역시 주변이 늪이었습니다. 큰비만 오면 주변의 들과 계곡은 물에 잠겼죠.

세진 둔터 다부터 등 계곡에 자리 잡은 세진의 세 마을은 범람했다 하면 대청 아래 섬돌까지 잠겼다. 주민들은 생필품만 챙겨 들고 산 위로 피해야 했다. "해마다 물 담은(침수하는) 여기서 어찌 사노/시집온 첫해부터 뒷동산으로 물 피난 갔었네/서 말 무쇠 솥을 물에 띄워 뒷산으로 물 피난 갔네." 세진마을 며느리들의 한탄이었다. "너무 힘이 들 때면/나는 보따리를 싸놓고 살았다네/언제든 나가려고/… 고추 말리는 연탄 방에 일부러/들어가 앉아 있기도 했지." 세진살이는 그렇게 고달팠다.

한겨레신문 곽병찬 기자의 글입니다. 범람하는 낙동강 물이 토평천을 따라 십리나 역류하는 걸 묘사한 말로 역수십리逆水十里란 사자성어가 있습니다. 드묵댁이 기억하는 세진마을은 "미거지(메기)가 하품만 해도 물 담는 곳(물에 잠기는 곳)"으로 "귀신이 들어올 때 춤추고 왔다가, 물 때문에 울면서 나간다"는 곳이었습니다. 곽병찬 기자는 덧붙여 "곳곳에 제방이 생기면서 마을이 물에 잠기는 일은 없어졌다. 하지만 지천이던 고둥, 대칭이 등 살림 밑천은 사라졌다. 철새만 손님처럼 찾아들던 그곳에 요즘엔 탐방객들이 사시사철 범람한다"고 묘사하였습니다.

옥천마을, 잠어실 마을은 따오기마을이다

우포 따오기가 가장 즐겨 찾는 곳이 모곡, 옥천, 잠어실입니다. 복원센터에서 날아오르면 직선으로 가장 숲과 논이 가까이에 있어 머물기를 좋아합니다. 잠어실 마을의 팔순된 할머니는 매일 따오기를 관찰하며 손주처럼 좋아하십니다. "오늘은 다섯 마리가 아침에도 오고, 저녁에도 왔다가 뒷산 숲에서 자고 갔데이"라면서 동네 앞을 지나는 사람들마다 따오기 자랑입니다. 이렇게 따오기를 사랑하는 주민 덕분에 최근 잠어실 마을과 옥천마을이 공동으로 람사르재단 후원을 받아 따오기논 만들기 자원봉사 참여자를 대상으로 손 모내기 방법을 알려주고, 미꾸라지 방사도 실시하였습니다. 옥천리 잠어실 마을에서 매일 우포늪 따오기를 관찰해 오고 있는 공순태 할머니(80세)가 참가자들에게 마을을 찾는 따오기의 이동 동선과 행동에 대한 이야기를 들려주면서 따오기의 안전한 서식에 대한 공감대를 형성하는 시간을 보내곤 합니다. 한편 따오기가 날아오는 아름다운 옥천마을 새색시의 추억담 속에 지금은 많은 사람이 걷기 좋아하는 사초 길에 대한 슬픈 추억도 있습니다.

"옥천댁이 옥천리에서 둔터로 시집올 때 아버지와 함께 걸었던 사초 군락지의 추억은 눈물겹다. 좌우로 갈대와 억새밭이 아득히 펼쳐지는 그곳을 건너던 새색시는 눈부신 갈꽃 억새꽃이 얼마나 서럽던지, 한 걸

 우포늪에서 꿈꾸는 생태혁명

음 떼고 눈물 훔치고, 또 한 걸음 떼고 흐느꼈다. 옥천댁은 둔터로 시집
온 뒤 한 번도 사초군락 건너 친정에 가지도 못하고 세진마을에서 눈
을 감았다."

우포늪에서 꿈꾸는 생태혁명

마을 어르신은 지역박물관이다

어제 해질 무렵 만났던 원앙들을 잊지 못해 이른 아침 산책에 나섭니다. 봄 단장 차려입은 모양새가 보통이 아닙니다. 너무 화려하여 눈을 뗄 수가 없군요. 연두빛 버드나무꽃 순을 따먹으면서 걷는 길에 키 큰 미루나무 위에서 깃털 다듬는 따오기 한 마리를 만났습니다. 대대제방 아래 따오기 논에서 혼밥하던 녀석이 들려 몸 씻고, 키 큰 나무에서 햇살을 즐기는 모양이에요. 저를 한참 동안 지켜보더니, 나뭇가지 하나 부러뜨려 둥지 짓는 연습까지 해보지만, 짝이 없어 재미가 없는지 센터 쪽으로 날아가 버리네요. 비밀의 정원으로 향하면서 부엉덤으로 눈길을 돌려보지만, 수리부엉이는 볼 수 없습니다. 엊그제 해질녘에 모처럼 수리부엉이 소리가 너무 반가워서 몇 번을 부엉덤 쪽으로 귀를 모았습니다. 새끼는 잘 키웠는지? 마지막 작별 인사는 잘했는지 궁금합니다. 말똥가리와 따오기는 하늘 높이 비상했을 때가 아름답습니다. 곧 말똥가리들은 북쪽으로 떠나고, 따오기들은 끊임없이 비행연습을 할 것입니다. 이들도 언젠가는 북한을 거쳐 아무르강 근처로 이동하는 날이 오겠지. 그러기 위해서는 야생에서 둥지도 트고, 자식도 여럿 나아서 위대한 자유 비행할 때를 매일매일 기다립니다. 따오기 세 마리는 매일, 같이 다니면서 암컷 한 마리를 놓고, 사랑을 다툽니다.

수리부엉이는 해마다 이맘때면 새끼들 이소시키고, 어미도 높은 절벽 위의 둥지를 떠납니다. 늘 자연 속에서는 사철을 주기로 평생을 사는 셈입니다.

다부터에 사는 하씨 어르신은 80 노인이지만 지금도 농사와 축산을 하면서 쉬지 않고 일하시는 정정한 분입니다. 가난한 시절 지모구(가시연꽃)가 식량이었다면서, 가을이 되면 꽃봉오리가 남긴 꽃받침 속 열매를 얻기 위해서 낫으로 잘라 배로 싣고 와서 거름 무더기처럼 쌓아두고 썩도록 둔답니다. 겨울이 되면 단단한 씨를 작은 망치로 부숴 디딜방아로 빻아 가루로 만들어서 밥으로, 죽으로 먹었다는군요. 요즘에는 왜 우포늪에 가시연이 몇 년째 안 되는지 모르겠다고 한숨을 쉽니다.

"지모구(가시연꽃)가 몇 년째 안되는 기라. 그때는 추석 쇠고 지모구 모아가지고, 밥해 묵고, 줄대밭에 소 풀어 놓으면 소 멕(먹)이는 것은 일도 아니었지."

50년 전에는 다부터 마을까지 여름 홍수기에는 배가 오가고, 맞은편 산 아래 길은 신반장 가는 길목이었답니다. 세진 배수장 산허리에서 맞은편 호포까지 나룻배가 있었고, 가항을 가로질러 유어지서 쪽으로 가면 낙동강을 건너 신반장으로 이어진다는 이야기에 시간을 잊고 말았습니다. "둔터, 한터, 헌터는 옛날부터 전장터"라고 말씀하시기에, 임란시절 둔터는 자료에 곽재우 의병장이 무기를 숨겨둔 병영이어서 그렇다고 알려 드리기도 했습니다. 이렇게 잘 익어가는 노인들은 지역박물관입니다. 그 속에 어우러져 사는 나도 일 년 단위로 사계절을 자연 속에서 살 수 있어 얼마나 기쁜 일인가요.

58년 전, 젖먹이 예순이를 늑대가 물고 가는데 들에서 일하던 예순이

엄니가 황급히 쫓아가서 아기를 구했다는 이야기를 필구나무(팽나무) 아래서 듣습니다. 고향 찾아온 형제들이 어린 시절 소 먹이고, 말밤(물밤) 따서 먹느라고 시간 가는 줄 모르고 놀다가 엄마에게 혼났던 추억을 형제들과 나누면서 늪을 바라봅니다. 팽나무 타고 놀았던 시절을 그리며 익어가는 고향의 모습을 바라보며 나보고 "큰일 하셨네예"라며 격려해 줍니다. 나의 기도를 들어주는 할배나무 아래서 어린 시절 추억을 이야기 하는 사지포 마을 형제들 모습이 아름답고 정겨운 아침입니다.

따오기 복원 장소가 된 우포늪 둔터 마을 이야기

낙동강의 선물 우포늪 안에 작은 논배미 몇 마지기에 어부와 농사짓는 사람이 살았던 작은 마을이 있습니다. '둔터' 마을이에요. 지금은 따오기복원센터가 자리 잡고 있지만 2006년까지는 다섯 가구가 살았던 곳

입니다. 이 늪가 마을도 한때는 홍수기에는 부산에서 끼(게) 장사꾼이
큰 배에 여름 밥반찬으로 싣고 와서 인근의 늪 마을을 오가며 보리쌀과
교환했습니다. 더하여 임진왜란 때는 낙동강 주변에서 전투를 벌이다가
늪 가운데 천연 요새인 둔터에 곽재우 의병장이 진지를 만들어 군량미
를 쌓아두는 창고가 있었던 자리입니다. 인근의 한터(대대)라는 곳은 의
병들이 먹을 곡식을 찧는 방아터가 있었다고 전해오는 이야기를 노인들
이 들려줍니다. 지금은 따오기 복원을 위해 모두 이주하여 인근 마을에
서 살고 있습니다.

　곽재우와 둔터. 우포늪의 역사 한 자락이 화살처럼 불쑥 날아듭니다.
둔(陣·屯)은 진지 또는 주둔지를 말합니다. 둔터는 늪가의 작은 골짜기
인데, 지형상 낙동강 쪽에서 배를 타고 들어오면 휘어져 안이 보이지 않
습니다. 의병이 숨어서 싸우기에 적당한 위치입니다. 화살뿐인 아군이 조

총을 가진 적을 상대하려면 유인을 통한 게릴라전을 벌여야 합니다. 곽재우 장군의 지략을 엿볼 수 있는 비밀의 정원 늪입니다. 우포늪을 낀 토평천은 낙동강과 이어져 옛날부터 뱃길로 이용됐습니다. 둔터가 그걸 말해주죠. 인근의 세진리와 선소가 있었다는 마수원도 마찬가지입니다. 나루터가 있다는 건, 사람과 물산의 이동이 원활했다는 것이고, 우포늪이 바깥세상과 통했다는 의미입니다.

한편 늪마을에 사는 사람들은 대부분 보리농사와 늪 안에서 자라는 수생식물들을 이용하여 구황식물로 이용했습니다. 대표적인 것이 가시연과 물밤을 채취하여 묵을 만들어 먹었습니다. 소들은 늪가에서 자라는 줄풀(소풀)을 한나절 뜯어 먹고 저녁나절 마을로 스스로 들어왔다고 합니다. 사시사철 물고기도 잡고. 겨울철에는 늪가를 찾는 오리류와 기러기류를 잡아 장날 팔기도 하고, 가족들 단백질을 보충하는 기회였습니다. 둔터와 이웃한 다부터 마을 한약방은 수생식물인 가시연과 물밤을 이용하여 부인병을 치료하는 한약재로 사용하기도 했습니다. 인근에서는 꽤 유명한 한약방이었다고 전해옵니다.

오후에는 비내린 우포늪 안 야생들을 찾아 나섰습니다. 먼저 따오기가 태어나 먹이활동을 하는 논 근처 마을 할머니가 쉬고 있는 은행나무 그늘에서 따오기 이야기를 꺼냅니다. 먼저 따오기를 가져온 중국 따오기 이야기를 꺼내며 대화를 시작했습니다.

중국 주환(따오기)보호구역에서 올해 야외 구조한 첫 번째 따오기 새끼들이 양현 유수진 류장 마을 따오기 습지 복원구역에서 성공적으로 날려 보냈다는 소식을 6월 26일에 전해들었습니다. 16마리의 주환을 날렸는데, 모두 올해 야외에서 태어난 주환 새끼들이라고 합니다. 6월 11일 양현의 극단적인 날씨 영향 때문에 구조된 새끼들입니다. 구조 센터의 사육 직원들이 열흘 넘게 세심하게 보호하면서 잘 먹여, 건강을 회복한 다음에 보호구역 내에서 날린 것이죠. 야외에서 주환 구조는 매우 중요한 보호 작업입니다. 최근 몇 년간, 야생 주환 개체수가 증가함에 따라 매년 병, 상처, 굶주림 등의 이유로 구조 수가 백여 마리에 이른답니다. 매년 6~7월 주환 번식기가 지나 새끼들이 날아올 때가 세심하게 관찰해야 합니다. 새끼들의 먹이 찾는 능력이 약하고, 경험이 부족한 데다 비행 능력이 떨어져 야외 구조가 많아졌습니다. 우리나라도 이런 점에 대비해야 합니다. 그래서 따오기가 태어난 마을 주민들을 만나는 일은 매우 중요합니다. 상리마을 연세 많으신 할머니를 은행나무 아래서 만납니다.

이인식: 요즘 따오기 어미가 새끼들 뎇꼬 논에 자주 보입디꺼?

할머니: 왔소! 이틀 전, 논에 여섯 마리가 와서 묵는다꼬 참 보기 조티라.

이인식: 따오기가 모내기 한 논을 삐대사서 걱정 안됩니꺼?

할머니: 황새(왜가리, 백로)가 그라지 따오기는 얌전하게 논두렁 따라 댕기거나 논 안에 더가도 모를 밟지는 안하더만은. 따오기가 올 시간이 됐는데….

이인식: 옛날 같으면 따오기도 모 밟는다고 캐샀는데…. 요새는 동네마다 연세 높으신 할머니들이 더 잘 관찰하셔서 그래 말해 주신께 고맙네예.

할머니: 작년에는 우리 집 뒤에 둥지를 지었는데… 쪽제비가 마 달려들어가 에미들이 소리를 지르고 난리가 나더만 새끼는 실패했는기라.

이인식: 오늘 할머니 안 만났으면 그 일은 모르고 지날 뻔 했습니다.

고맙습니다.

할머니:나는 자나 깨나 따옥따옥 하면서 마을 위로 날아다닌께
　　　　좋지.

　열아홉에 강 건너 효정에서 시집 와서 상리에서 70년 넘게 사신 분이
기억력은 어찌나 좋으신지. 이웃 마을 고인이 된 황씨 어른 공부 많이 한
이야기며, 시집 오면서 공씨가 양반이라면서 아버지가 혼사를 마련한 이
야기에다 당시에는 신랑도 신부도 서로 초면으로 결혼했는데. 신랑이 인
물이 좋더라며, 돌아가신 남편을 회고하십니다. 해 질 무렵이라 골바람이
시원하네요.

　다시 길을 나섭니다. 복원센터 안에 싱싱한 물풀 뜯는 고라니(물사슴)
와 소리 좋은 흰눈썹황금새도 보고, 나무 뒤에 숨어 황새님도 알현합니
다. 우포늪은 자연 천국입니다.

우포늪에서 꿈꾸는 생태혁명

우포늪을 생태교육 중심 공간으로 만들자

어젯밤 솔부엉이 소리가 별처럼 반짝이는 사랑을 노래했습니다. 늦은 밤 달과 별, 밤을 가르는 사랑 소리와 자식에게 보내는 울음소리를 미루나무 아래서 들었는데요. 전망대 쪽에서 솔부엉이 우는 소리를 찾아내어 오랫동안 귀를 모았습니다. 낮에 녹음한 팔색조 소리도 들려주니, 새소리를 듣고 행복해하는 모습이 참 보기 좋습니다. 우포늪 안에서 생태적 감수성을 나누며 살아가는 정봉채 사진가와 더불어 좋은 이웃 벗들입니다. 이런 생태적 감수성을 우포늪을 방문하는 아이들과 가족들에게 선한 영향력으로 살아가는 세상을 간구하면서 밤길을 평화롭게 걸었습니다. 이른 아침에는 새벽 물안개 속에 먹이잡이를 위해 부지런한 왜가리 가족들에게 안녕! 아침 인사를 하며 해님을 향하여 두 손 모았습니다.

창녕의 아이들아! 따오기 색깔은 살굿빛이다

오늘 우포늪을 방문하는 영산중 아이들의 길잡이로서 사전 답사를 하고, 오전 9시 30분 남녀공학인 중학생들과 미루나무 길을 거쳐, 담비에게 고라니가 죽임을 당한 현장에서 만났습니다. 풀숲에서 고라니의 머리

뼈와 척추뼈 등을 찾아 관찰하면서 우포늪의 야생동물들의 먹이그물 사슬을 생태적 감수성에서 과학적 체험으로 진화하도록 아이들과 이야기도 나누었습니다. 왕버들 숲에 도착하여 기후 위기 시대 우포늪의 버드나무류는 열대지방의 맹그로브처럼 탄소 중립에 이바지한 효과가 크다는 사실도 국내외 문헌에 기록되어 있음을 알려주었습니다. 무엇보다 우포늪은 국제적으로 보전되는 강 배후습지로서 생물다양성이 높은 곳이어서 겨울철에는 지금 우리가 보고 있는 초록의 물속식물과 가을철 열매와 뿌리를 먹으려고 겨울 철새들이 시베리아와 몽골, 중국 북부에서 국경을 넘어 우포늪에 머문다는 사실을 설명했고요.

늘 아이들에게 강조하는 것이 있습니다. 따오기의 날갯짓 중에 눈부시게 아름다운 색감에 대해 질문을 하면, 대부분 분홍, 주홍 등 다양하게 답을 합니다. 하지만 이곳에서 공부하고 따오기를 본 학생의 답은 달라야 한다고 강조합니다. 평소 왜가리 할배가 찍은 사진을 보여주며 햇살

 우포늪에서 꿈꾸는 생태혁명

에 따라 연분홍과 주홍, 때로는 노을빛에 물들어 나는 따오기 빛깔은 살구꽃(조선의 고유 빛깔) 빛과 향을 갖춘 새임을 보고 느끼게 합니다. 그래서 외국인이 "따오기는 노을이다"라고 말한 것을 우리는 기억해야 하고, 우리 지역 정봉채 사진가가 작업한 '가시연꽃과 따오기' 작품 사진은 이곳에 살면서 수십 년 작업한 특별한 명작이라고 알려줍니다. 체험 내내 눈빛을 반짝이며 내 곁에 바싹 붙여 귀 쫑긋하는 아이들이 고마울 뿐입니다. "애들아 언제든지 우포 왜가리 할배 찾아오렴! 너희들이 세상의 에너지이고 미래다!!"

신경림 시인과 인연

　젊은 교사 시절 나는 국어 선생도 아니면서 수업 전에 칠판에 시 한 편을 반장에게 쓰도록 하고, 수업 종이 울리면 종종걸음으로 교실로 들어가서 잠시 같이 읽고, 짧은 코멘트를 마치고 사회 교과서를 펴게 했습니다. 지금도 아이들을 만나면 수업에 대한 기억은 없고, 한 편의 시나 사회문제에 대한 다양한 기억만 남아있다고 합니다. 입시 전쟁터에서 살아남아야 하는 아이들에게 숨쉴 공간이 되는 시 한 편으로 서로 마음을 나눈 셈입니다. 잠시 걸음을 멈추고 지난 세월을 생각합니다. 1994년 김해 내동중학교 복직 후에 아이들을 데리고 신경림 선생을 만나는 수학여행을 기획하여 충주 생가에서 좋은 추억을 쌓게 했던 기억이 어느덧 30년 세월이 흘렀네요. 선생님이 아이들에게 「가난한 사랑 노래」를 쓰게 된 배경과 그 의미를 말씀해 주시며 수줍은 듯 발그레한 얼굴로 여학생들을 쳐다보며 그 시가 본인의 사랑 노래가 아니라 집 대문에 달린 방에 세 살던 시절, 수배 중인 청년과 주인집 딸이 늦은 밤에 찾아와 두 사람이 비밀결혼을 올리는데, 축시를 써 달라는 부탁에 시를 썼다는 이야기에 아이들은 같이 간 젊은 국어 선생을 바라보며 크크크 웃고 말았습니다. 다들 신경림 시인의 사랑 노래라고 가르쳤던 함께 간 국어 선생을 바라보며 아이들은 재미있다는 듯. 어쩌면 신경림 시인도 문간방에 살며 주인집 딸에 대한 내밀한 연모가 담겼을 시일지도 모른다는 지레짐작인지도. 그때 수학여행에 동참한 아이들도 40이 넘었을 텐데.

우포늪의 숲과 야생동물 서식처가 기후 위기 시대 보물이다

　울창한 숲에서 나무들이 모여 하늘을 덮고 있는 장관을 보여주는 것을 자연에서의 캐노피라고 부릅니다. 가끔 우포늪 비밀 정원에서 캐노피를 바라보며 초록 명상에 들면 새들이 그 캐노피 사이를 빠르게 이동하며 순간 날갯짓으로 몸을 돌려 잎에 서식하는 벌레를 입으로 잡아챕니다. 그러고는 어린 새끼가 있는 둥지로 향하는 순간을 보며 오! 대지의 신이여!! 자연 숲과 움직이는 생명들 그것을 바라보며 감탄하는 인간의 마음이 하나 되는 순간을 황홀한 체험이라고 부르고 싶습니다. 특히 둥지를 떠난 어린 솔부엉이가 낮 밤을 가리지 않고 숲에 아이들이 나타나면 물끄러미 쳐다보며 이제는 그들이 사람을 바라보며 관찰합니다. 그 순간은 사람도 솔부엉이도 조용히 서로를 바라보며 설렘과 미소 지으며 눈빛으로 사랑을 교호합니다. 그 모습을 나는 야생과 인간의 하나됨을 원시적 감성으로 가슴 두근거리며 눈을 감고 여러 생각을 모읍니다. 아! 희열이며 기쁨입니다!! 기후 위기 시대 탄소중립의 보물 창고 우포늪을 예찬합니다.

우포늪에서 꿈꾸는 생태혁명

우포늪을 중심으로
낙동강 생태경제벨트를 그려 본다

우포늪에서 가장 가까운 곳에서 아름다운 노을을 볼 수 있는 곳은 이 방면 등림에 소재한 어부정(漁夫亭)입니다. 어부정은 등림리 장천에서 합천보를 지나 낙동강 변을 따라 약 5km쯤 가면 절벽과 노송이 울창한 절경을 이루고 있고요. 이곳은 가야시대의 고성 등림산성으로 둘러싸였고, 맞은편 서쪽은 합천군을 통과하는 황강 모래톱을 따라 맑은 강물이 낙동강과 합류하는 곳입니다. 이렇게 모래톱이 모이는 곳에는 멸종위기종인 흰수마자가 4대강 사업 전에는 제법 관찰되는 곳이었습니다. 지금은 드문드문 관찰되긴 하지만, 그렇게 흔하던 빠가사리(동자개)도 보기 어렵습니다. 낙동강 강바닥을 준설하고, 모래톱과 자갈돌이 싹쓸이되면서 서민들의 매운탕으로 즐기던 것들이 사라진 셈입니다. 요즘도 가끔 우포늪에서 빠가사리를 어부들이 잡았다는 소식을 들으면 마을 근처 매운탕 집에서 벗들을 모아 담소하면서 얼큰한 국물을 즐깁니다.

그러나 낙동강은 중상류의 모래 강을 잃어버렸지만, 황강을 따라 오르면 곳곳에 드러나는 모래톱에 눈과 마음을 빼앗겨서 차를 세우고 모래톱 위에 남겨진 짐승들의 발자국과 똥을 살피며 살아있는 강에 감사를 표합니다. 때로는 맑은 개울가에 자라는 갈대처럼 생긴 달뿌리 풀을 만

84
85

나면 아예 주저앉아 작은 물고기들의 유영을 살피느라고 시간을 잃어버리기도 합니다. 그렇게 30여 분을 달리면 도착할 정양늪에 2시간이 걸리기도 하죠. 정양늪은 황강의 범람과 지천인 아천이 합류하여 만들어진 습지입니다. 여름철에는 가시연꽃과 사철 텃새 동물인 수달, 삵 등이 살아가고, 겨울철에는 고니류와 기러기류 등이 도래하여 생물다양성이 풍부한 합천군의 생태자산입니다. 특히 낙동강 하구 고니류들의 먹이터가 훼손된 이후로는 주남저수지와 우포늪 그리고 정양늪이 중요한 서식지로 떠올랐습니다.

미래세대를 위한 습지 생물다양성 배움터

가을 억새 물결 위로 낮게 나는 따오기 무리를 보며 햇살 좋은 곳에서 졸음 속에 생각하는 작은 상념입니다. 기후위기와 생물다양성 회복 어떻게 극복할 것인가? 그 답은 아이들과 오랫동안 자연학습을 하면서 자연의 품, 어머니의 품 같은 자연에서 사람과 자연이 공생하는 법을 배우고 가르치는 일이라 생각합니다. 30여 년 동안 아이들과 낙동강 주변의 습지들을 찾아다니면서 자연 배움을 나누었습니다. 이제 왜가리 할아버지로 불리는 나는 우포늪을 중심으로 낙동강 생태경제벨트를 구축하는 밑그림을 그리고 있습니다. 여기에는 주변 농경지를 습지로 복원해 야생공원으로 회복하는 매우 야심찬 구상도 포함돼 있습니다. 이른바 와일드 라이프 파크(Wild life park) 프로젝트입니다. 이것은 우리 아이들을 위한 꿈꾸는 설계도입니다. 4대강 전체에 걸쳐 지역별 시민사회와 협력하여 야생동식물의 서식지 회복 프로젝트로 지역별 특징을 살려 속칭 생태토목 사업을 통해 그동안 4대강 사업과 지자체별 토건사업 등으로 훼손된 자연을 복원하는 일입니다.

　남은 10여 년 활동할 수 있는 시간 동안 왜가리 할아버지는 30년 동안 우포늪 보전과 따오기 복원 등에 쏟은 세월에 더하여 야생동식물 서식지 회복에 온 힘을 모을 참입니다. 지난 세월 우포늪과 낙동강 배후 습지를 사랑하고, 지키고, 야생동식물들과 함께 살아온 까닭 중에 가장 중요한 심장 노릇을 한 것은 아이들의 미래세상을 위해 아이들과 함께 활동한 것입니다. 과거 우포늪 주변 대지초등학교 아이들과 관찰활동, 지금 매달하고 있는 도시 아이들의 따오기복원센터 앞 따오기를 기르는 논 습지 생물 관찰과 따오기 쌀을 생산하는 프로그램 등입니다.

　자연사랑 배움과 행동은 기후위기시대에 미래세대들이 기본적으로 갖추어야 할 첫 번째 덕목입니다. 또다시 이들을 노아의 방주나 불구덩이에서 지옥 불을 경험하는 일을 기성세대가 물려줄 수 없습니다. 교만한 독립적 인간이기 전에 자연의 한 종으로서 어떻게 우주별에서 살아가야 할지를 고민하는, 새로운 신사고를 일상화하는 행동의 구체화를 고민해야 할 때입니다.

4월 22일은 지구의 날이다

지구가 많이 아픕니다. 자연을 파괴한 탓으로 지구촌이 고통받고 있습니다. 최근 우포늪을 방문하는 사람들이 늘어나고 있습니다. 뛰어난 자연 속에서 기후 위기에서 벗어나고 싶어 하는 모습입니다. 그러나 이미 때는 늦었습니다. 인간의 잔인한 자연파괴와 산업화, 고도성장, 토건중심 발전 전략 등으로 이미 지구는 망가질 때로 망가졌습니다. 우리나라도 많은 생물종들이 사라졌습니다. 오염과 농약, 석탄 연료, 자연훼손으로

개울에 물고기는 사라지고, 동요 속에 나오는 뜸부기나 따오기 등도 멸종위기에 처했습니다. 다행히 우포늪에서 따오기가 복원되고, 많은 생물종이 살 수 있는 환경이 되면서 주변 도시, 특히 대구 시민들의 30~40%가 최근 다녀가고 있습니다. 이처럼 우포늪 보전과 따오기 복원, 산박벌 복원 그리고 미래 먹거리로 우포자연공원 설계 등을 통해서 자연회복과 보전이 생태관광자원으로 진화하여 지역경제를 살릴 수 있다는 의제를 지역민들과 행정, 정치인들이 협력하여 문제를 풀어가야 할 때입니다.

1991년 우포늪 보전운동을 시작하여 마침내 정부가 97년 생태계경관보호지역이 되도록 지원했습니다. 이어서 2005년 중국 양현에 도착하여 따오기 복원센터 앞개울에서 야생따오기들이 먹이잡이 하는 모습을 볼 수 있었습니다. 일행들과 바짓가랑이를 걷고, 개울에서 따오기 행동을 지켜보면서 40년 전에 사라진 한 종을 다시 복원할 수 있겠다는 확신을

가졌습니다.

　중국 양현에서 주환(따오기) 일곱 마리를 1980년 야생에서 발견하여 이제 7천 마리 이상을 복원했습니다. 중국 전역에 분산센터를 만들어 언젠가는 동북아 전역으로 따오기가 자유롭게 비행하는 날이 올 것입니다. 예전처럼 우리나라에도 겨울 철새로 자리 잡아 남북을 오가는 공동 프로젝트가 이루어지기를 소원합니다. 중국발 뉴스에서, "세계에서 가장 오래된 따오기인 핑핑(Pingping)이 4월 9일 베이징 동물원에서 37번째 생일을 맞았다"고 합니다. 핑핑은 우포늪에 들여온 따오기(양저우와 룽팅)와 같은 고향입니다. 산시(陝西)성 한중(漢中)시 양현(楊石)에서 태어난 핑핑이 베이징 동물원으로 이주하여 역시 양현에서 태어난 칭칭(靑村)과 짝을 이루었고, 둘 사이에서 총 스물일곱 마리의 따오기가 태어났다고 전합니다.

2019년 5.22일 야생으로 나간 따오기가 자연의 품에서 생존 학습을 계속하고 있는 모습을 6년째 관찰하고 있습니다. 우포 따오기가 야생에서 스스로 살아가고, 남북평화의 선물로 교환되는 날이 오면 우포늪은 또 한 번 세상에 이름 높일 날이 올 것입니다.

우포자연학교와
BTS '이제 조금 나를 알겠어'

아이들이 가을 햇살 아래 곤충 관찰에 신이 났습니다. 베짱이, 메뚜기, 사마귀, 여치, 물속식물 중 마름을 관찰하고, 열매인 물밤을 나누어 먹으면서 고소하다면서 맛있게 먹습니다. 우포자연학교는 2007년부터 따오기 논에서 모내기도 하고, 추수까지 하여 야생동물 먹이를 준비하여 겨울에 나누어 주는 행사로 1년을 마무리합니다. 줄풀, 마름, 생이가래 등이 소와 기러기류, 쇠오리 등 먹이도 되지만 사람들에게도 아토피, 비염, 당뇨 등 약효능에 관한 정보도 나누고, 생활용품으로 사용해온 선조들의 지혜도 배웁니다. 이렇게 또 하루를 아이들과 재미있게 노는 날이 가을입니다.

기러기 우는 밤에 별만 세는 사람들

우포의 가을도 묵묵히 자기 길을 갑니다. '종교는 으뜸가는 가르침'이라고 했던가요. 이 가을에 자연의 가르침도 코로나 시대에 사람 간의 관계도 배움을 주고받을 수 없는 벗은 모두 버리고, 책과 세상의 지혜를 곱씹으면서 황혼을 맞을 준비를 합니다. 겨울 철새들도 개천절을 전후로 우포늪 대대제방 앞 모래톱에서 휴식을 취하고 있습니다. 수천 킬로미터

 우포늪에서 꿈꾸는 생태혁명

떨어진 먼 길을 날갯짓하여 매년 같은 곳을 찾아오는 기러기들을 선조
들은 천상의 신들과 마을의 주민을 연결해 주는 일종의 전령 조(새)였다
는 믿음에서 마을 어귀에 기러기를 높이 매달아 놓은 솟대를 세웠습니
다. 가을밤이 되면 집 앞 우포늪에서 들려오는 기러기들 울음소리가 가
끔 그리움을 부르기도 합니다. 그래서 이연실이 애절하게 부르는 '가을
밤'을 들으면 세상의 어머니가 보고 싶지요.

> 울밑에 귀뚜라미 우는 달밤에
> 기러기 기럭기럭 날아갑니다.
> 가도 가도 끝없는 넓은 하늘을
> 엄마 엄마 찾으며 날아갑니다.
>
> 가을밤 외로운 밤 벌레 우는 밤
> 시골집 뒷산길이 어두워질 때

 우포늪에서 꿈꾸는 생태혁명

엄마 품이 그리워 눈물 나오면

마루 끝에 나와 앉아 별만 셉니다.

    기러기의 상징적인 의미는 높은 하늘의 신령하고 전능한 신들이 보내
는 인간사의 안녕과 풍요와 희망의 상징입니다.

대대들판의 가을

    마을 넓은 뜰에는 가을걷이가 한창입니다. 대대(한터) 뜰에는 벼 베기
를 하고, 마늘 심기 하느라고 눈코 뜰 새 없이 바쁩니다. 화왕산이 농부
들의 부지런한 모습을 지켜보면서 크게 응원합니다. 농촌의 삶은 자연과
더불어 살아가는 곳이라 큰 역병에도 마을 주민들은 평화롭게 살아가는
편입니다. 농사철인데도 도시 사람들은 주말이 되면 한터 앞 대대제방에
서 걷고 자전거를 타면서 스스로 위로를 찾아 달립니다. 이렇게 자연이

살아있고, 농촌이 있어 삶의 활력을 불어넣는 가치에 대해 정치인들은 잘 모르는 듯합니다.

지난 긴 장마 때에는 낙동강의 범람으로 곳곳에서 물난리를 치를 때, 소벌 등 물웅덩이 노릇을 하는 여러 개의 늪이 일시적으로 물을 얼마나 저장했는지 모릅니다. 저도 우포늪에 들어와 살면서 얼마나 많은 배움을 습득했는지 모릅니다. 그동안 도시에서 살다가 어쩌다 우포늪과 인연이 되고, 중국에서 따오기를 들여와서 우포늪 보전과 현명한 이용의 성공 사례를 만들고자 재야에서 묵묵히 할 일을 해오면서 자연이 가르치는 선물 속에 사숙은 큰 배움이었습니다. 늘 우포늪에서 화왕산을 바라보며 신돈, 조계방과 성사제 같은 역사 속에 살아있는 존경하는 선조에게 직접 가르침을 받지는 않았으나, 마음속으로 그 사람의 도(道)나 학문을 본받아서 배우는 것은 큰 기쁨이었습니다. 그래서 시간만 나면 낙동강 중류에 역사적 흔적이 남아 있는 서원들과 나라사랑 정신들을 찾아 쏘다녔습니다.

자유 비행하는 새들이 너무 부러운 날

구름이 좋은 우포 하늘입니다. 가족 단위로 많은 발걸음으로 가을이 익어갑니다. 큰기러기 등 겨울 철새들이 물속식물들의 열매와 뿌리에 푹 빠졌습니다. 그 맛을 잊지 못해 매년 우포로 여행지를 선택하는구나. 오늘도 걷습니다. 가을이 되면 우포늪을 찾아오는 겨울 철새들을 매일 관찰하는 즐거움 또한 걷는 이유입니다. 일주일 전에 큰기러기 세 마리가 도착한 이래, 엊그제 아홉 마리, 오늘은 스물아홉 마리가 오후에는 수백 마리가 가족끼리 먹이활동을 합니다. 늘 그렇지만 시베리아 아무르강 쪽에서 출발한 기러기류들이 가족 단위로 와서 일정한 시간이 지날 때까

지는 가족 단위로 근처의 무리와 긴 목을 빼고, 서로 겨루기도 합니다. 사람이나 야생에서 힘겨루기는 매한가지입니다. 남쪽으로 이동하기 전 중간 기착지 먹이터인 늪에는 하루가 다르게 오리류들이 늘어납니다. 따오기복원센터 안 논에도 쇠오리들이 왜가리와 백로, 청둥오리들과 어울리면서 먹이활동을 부지런히 하고 있습니다. 오늘은 센터 앞 논에는 따오기가 보이지 않습니다. 만 보 정도 걷고, 다시 되돌아가는 길에 원앙 무리들을 관찰하고, 원앙의 자유로운 비행을 부러워하면서 카메라로 담아둡니다.

BTS는 '이제 조금 나를 알겠어'
인간의 끝도 없는 욕망을 경계할 때 사람들은 흔히 '이카루스의 날개'

라는 말을 씁니다. 한국이 낳은 세계적인 노래꾼인 BTS(방탄소년단)의 상징적인 노랫말-'작은 것들을 위한 시'는 세계 청소년들을 열광하게 했습니다. 한편 열여섯 살 스웨덴 소녀 툰베리도 유엔연설에서 기후변화에 주목하지 않는 미국을 비롯한 선진 공업국들에게 지구별이 망가져 가는데, 미래세대를 생각하지 않고 당신들의 끝없는 욕망을 위해 높이 질주만 할 것인가를 묻습니다. 이처럼 한국의 BTS와 스웨덴의 툰베리의 공통점은 아카루스의 날개처럼 내 주위를 깊이 들여다보라는 청소년들이 기성세대들을 향한 외침이자, 분노입니다. 툰베리는 유엔에서 기후변화에 무관심한 미국 대통령 트럼프를 노려보면서, 세계 지도자들의 각성을 촉구하기도 했죠. 더하여 방탄소년단은 청소년들과 기성세대를 향하여 더

 우포늪에서 꿈꾸는 생태혁명

높이 더 높게가 아니라 나와 주위를 돌아보라고 노래하고요. 이들의 공통점은 젊고, 세상을 향하여 새로운 삶의 혁명이 무엇인지를 선지자처럼 예언하고 있다는 점입니다. BTS 노랫말에 귀 기울여 볼까요.

Listen my my baby 나는/저 하늘을 높이 날고 있어/그때 니가 내게 쳤던 두 날개로/이제 여긴 너무 높아/난 내 눈에 널 맞추고 싶어/네 전부를 함께하고 싶어/이제 조금은 나 알겠어…

이제 조금은 나 알겠어/툭 까놓고 말할 게/나도 모르게 힘이 들어가기도 했어/높아버린 sky/커져버린 hall/때론 도망치게 해달라며 기도했어/But 너의 상처는 나의 상처/깨달았을 때 나 다짐했던걸/니가 준 이카루스의 날개로/태양이 아닌 너에게로/네 전부를 함께하고 싶어/이제 조금은 나 알겠어

열여섯 살 소녀 툰베리, 기후변화를 외쳐

열여섯 살 소녀가 유럽의 크리스마스를 바꿨다는 국제적인 환경뉴스로 화제가 되었습니다. 유럽이 화이트 크리스마스가 아닌 '그린 크리스마스'를 행동으로 보여주었습니다. 크리스마스를 화려하게 기념하기로 유명한 유럽인들이지만, 기후변화에 대한 인식이 높아지면서 지속 가능한 크리스마스를 보내는 데 대한 관심도 커졌죠. 이렇게 기후변화 대응에 앞장선 스웨덴 환경운동가 그레타 툰베리가 미국 시사주간지 타임이 매년 뽑는 올해의 인물로 선정되면서 유럽 등 곳곳에서 크리스마스 분위기도 구체적인 행동으로 바뀌었습니다. 친환경 크리스마스를 맞이하려는 노력 속에 장식용 트리 임대 시장이 커지고 있습니다. 장식용 트리로 쓰이는 전나무를 매년 새로 베어내는 게 아니라 한번 쓴 트리를 다시 심어 재생

시켜 이듬해 재사용하는 방식입니다. 2015년쯤 본격 시작된 트리 임대업은 제대로 활황을 맞았습니다. 환경운동가 그레타 툰베리의 등장으로 유럽 내 기후변화에 대한 위기의식이 커지면서 나무를 생각 없이 베고 소비하는 데 대한 부끄러움, 즉 '트리-셰이밍(Tree-Shaming)'이 확산했습니다. 독일과 덴마크, 영국 등의 트리 임대업은 이런 분위기를 등에 업었습니다. 덧붙여 나무 과잉소비를 줄이는 것 외에도 조명 장식을 최소화하거나 재활용하고, 크리스마스 선물과 카드 과소비를 줄이는 등 그린 크리스마스를 보낸 움직임은 다양하게 이루어집니다.

　평소 생활은 근검, 절약, 절제를 생활화했지만 전기차 사용과 태양광 설치 문제 또한 저에게는 과제가 되었습니다. 야생 동식물에게도, 사람 사는 곳에서도 지구환경을 보호하는 일에 앞장서야 합니다. 다시 먹이터에서 잠자리로 돌아오는 야생따오기 관찰을 위해 맞은편 마을로 향합니다. 어둠이 내리는 시간에 달이 둥실 떴습니다. 그 달 사이로 비행하는 따오기를 보게 되어 기쁜 날입니다. 오늘 하루도 1만 5천 보는 걸은 것 같습니다. 새들은 3~4분이면 날아서 갈 거리를 나는 느린 걸음으로 몇 시간을 쏘다닙니다. 맑은 가을 하늘 따라 걷는 길은 행복의 길입니다.

호사비오리와 조선원앙 이야기

　호사비오리가 우포늪에서 가까운 합천과 고령 사이로 흐르는 모래강에서 지난해에 이어 여섯 쌍이 겨울을 나고 있습니다. 호사비오리는 백두산 산지, 중국 동북부 아무르 유역, 러시아 우수리 유역 등 원시림 계류 활엽수 구멍에서 번식합니다. 호사비오리는 현재 지구상에 1000여 마리가 생존하는 것으로 알려져 있습니다. 국제자연보호연맹(IUCN)의 적색목록에 멸종위기종으로 분류된 매우 희귀한 종입니다. 우리나라에서는 철원 하천 계곡에서 열두 마리가 관찰되었고, 그 후 충남 대청호와 최근에는 강원도 춘천호, 진주 남강에 소수가 도래하여 월동한 것으로 관찰되었습니다. 남한에서는 1백여 마리가 겨울을 나는 것으로 알려져 있습니다. 특히 경남에는 가야산과 지리산 계류를 따라 자연형 하천에서 조약돌 모래나 자갈로 이뤄진 퇴적 지형의 사주와 얕은 여울이 중요한 서식지로 밝혀졌습니다.

　지난해와 올해 호사비오리를 관찰하면서 따오기 복원을 생각합니다. 해질 무렵 우포에서 복원한 따오기가 왕버들을 거쳐 미루나무 가지에 앉아 밤을 새우는 모습을 봅니다. 별빛 아래서 그 모습을 보면서 호사비오리도 '조선원앙-원앙사촌'과 따오기처럼 조만간 멸종할 일이 벌어질지도 모른다는 걱정으로 오래전 일을 되새겨 봅니다.

1990년대 중반에 우포늪을 찾아와 황새와 따오기 복원을 제안한 김수일 교수를 기억합니다. 지금은 고인이 되었지만, 미국에서 공부하고 돌아와 우포늪이 국제적으로 알려진 야생동식물 서식지가 되었다는 소식에 인연을 맺었습니다.

지금도 잊을 수 없는 조류에 관한 이야기는 '원앙사촌'입니다. 원앙사촌은 아쉽게도 국내에는 표본 한 점 없는, 옛 이름으로 '조선원앙'입니다.

그는 가야시대 오리 토기에서 원앙사촌을 닮은 모형을 보았다고 했습니다. 김 교수는 황새 복원에 직접 앞장서며, 저에게 따오기 복원을 제안합니다. 아쉽게도 함께 복원 준비를 하는 과정에 돌아가셨고요.

이화여자대학교에 있는 원앙사촌 목각 표본은 김 교수가 손으로 직접 빚은 것입니다. 원앙사촌은 세계적으로 이미 멸종된 것으로 추정되는 국제적 희귀종입니다. 특히 지구상에서 단 3회의 채집기록만이 있어 희소가치가 더욱 높답니다. 이러한 귀한 새가 1894년 러시아 블라디보스토크에서 최초로 채집된 이후 나머지 2회는 한국의 금강(1913년 혹은 1914년)과 낙동강(1916년)에서 채집된 기록이 있습니다. 그 표본인 한국산 원앙사촌 암수 한 쌍은 일본 야마시나조류연구소에 보관 중입니다.

그런데 가야시대 오리 토기에서 원앙사촌을 닮은 모형을 김 교수는 보았다는 것입니다. 얼마 전 김 교수와의 대화 기억을 떠올리며 습지고고학을 한 전문가에게 전화를 했습니다. 그는 15년 전 김해박물관 토기를 보며 원앙사촌에 대한 이야기를 직접 한 적이 있다고 했습니다. 혹 관련 연구가 있는지 찾아보겠다고 했습니다.

사실 우리 문화 속에서 사라진 새들을 찾아 다시 복원하는 일도 고민할 때입니다. 따오기를 복원하고자 '오래된 미래'를 찾아 나섰듯이 원앙

사촌을 찾아 또 시베리아, 북조선, 그리고 낙동강 가야 시대 역사 속으로 나를 소환하는 먼 여행을 꿈꾸자니 불현듯 행복해지는 아침입니다. 황새, 따오기가 복원되듯이 눈앞에 있는 절멸 위기 호사비오리와 절멸한 것으로 알려진 '조선원앙'이 다시 낙동강으로 돌아오기를 기다립니다. 가야토기에 문양으로 남긴 선조에게 부끄럽지 않도록 생태문화 속에 그 흔적을 유지하기를 두 손 모읍니다.

낙동강과 지천에 모래톱 생기면서 생명들이 돌아왔다

우선 물이 맑아지고 모래톱 사이로 흐르는 얕은 여울에는 작은 물고기들이 떼를 지어 자갈에 묻어있는 돌말을 먹으면서 부지런히 물살 따라 오르내립니다. 맑은 여울에 물속이 훤히 보이는 곳을 좋아하는 '호사비오리'가 나타났습니다. 새해 너무 반가운 발견 관찰이었어요. 가슴이 벌렁벌렁 뛰었고요. 지리산 골짜기에서 딱 한 번 보았던 '호사비오리' 네 마리를 관찰하였습니다. 모래톱 사이로 흐르는 얕은 물 속으로 자맥질하며 피라미 한 마리를 입에 물고 물 위로 나타나는 호사비오리 수컷을 보면서 얼마나 감동했던가요? 그때의 기록도 들춰봅니다.

"새해 나는 호사를 누렸다. 낙동강 주변 강과 지천을 따라 하루종일 헤매다가 모래 여울에서 두 쌍의 호사비오리를 발견하고, 갈대 뒤편에서 조용히 훔쳐보았다. 임진왜란 때 홍의장군 곽재우가 물억새와 갈대가 우거진 곳에 숨어서 의병들과 화살을 쏘며 게릴라전을 펴서 남강에서 백전백승한 그 기분으로…. 북쪽의 한파로 일시 남쪽 모래톱이 있는 강으로 이동했는지는 며칠 조용히 관찰해 볼 일이다. 천연기념물 제448호 호사비오리는 남한강 상류와 지리산 자락 경호강 등에서 겨울철 드물게 관찰된다. 그러나 낙동강 주변에서는 사라졌다. 모래톱 사이로 흐르는 빠른 여울이 사라졌기 때문이다. 세계적으로 2000여 마리 생존하는 것으로 알려진 멸종위기종으로 시베리아와 중국 동북부, 백두산 인근에서 번식하여 겨울철에 우리나라로 내려오는 겨울 철새이다. 깃이 호사스럽고 화려하다고 해 붙여진 이름만큼 화려한 외모를 자랑하는 호사비오리를 곽망우당 묘에서 새해 일출을 보고 4대강 사업 이후, 얕으면서 빠른 여울을 따라 모래톱이 사라진 낙동강 주변 남강과 황강 지류들을 따라 찾아 나섰다. 가끔 흰수마자가 황강 하류 모래톱과 함안보 사이에서 발견된다는 소식을 들을 때마다 나는 호사비오리를 발견하는 꿈을 꾸었다. 남강과 황강을 오르면 괴물 같은 바벨탑인 4대강 보를 자주 만나게 된다. 이 보의 영향으로 범람이 사라진 우포늪도 중병을 앓고 있다. 특히 보호종인 가시연이 2014년 이후 자연 범람이 사라진 후, 지금까지 대규모 가시연 군락지는 사라지고 연군락이 호시탐탐 우포늪 주인이 되기 위해 몸집을 키우고 있다. 자칫 주남저수지처럼 수생식물 다양성이 사라지고 연군락으로 늪 생태계 다양성이 사라질까 봐, 매년 노심초사하면서 관찰일지를 쓰고 있다. 다행히 새해 첫 날, 낙동강과 이어진 강모래 여울에서 호사비오리가 먹이 잡기를 하고 있어 얼마나 고마운지 모르겠다. 너무 기쁜 날이다."

매일매일 호사비오리를 숨어서 관찰하는 일은 즐거움이다
오늘은 늦잠 자고 된장국으로 아점을 즐겼습니다. 굴 무침 사둔 것이 있어 뜨신 밥에 얹어 먹는 맛도 일품입니다. 아무래도 바깥일이 있으면 식사가 들쭉날쭉이죠. 위와 장기들이 고생입니다. 공자님은 '칠십(종심)에는 마음 가는 대로 행동해도 법도에 어긋남이 없다'라고 하셨으니…. 늦잠 자고 일어나 아점 맛있게 먹고 귀한 호사비오리와 나의 분신 같은 따오기를 만나러 느리게 느리게 그곳으로 가볼 참입니다. 그러다 보면 매

류도 만나고, 동네 터줏대감 부엉이류와 말똥가리류도 만나 하늘 보며 혼자 쫑알쫑알하면서 썩을 놈들이 막아놓은 강물을 보며 욕도 한 바가지 하면 겨울 한파도 별것 아닙니다. 모래톱이 나타나는 낙동강 지류를 찾아 얕은 여울 사이로 맑은 물고기들과 잠수성 오리들을 만나면 모래톱에 주저앉아 명상에 듭니다. 순간 나의 눈을 번뜩이게 하는 것은 물억새와 갈대숲 사이로 사각사각 소리 내며 잽싸게 이동하는 뱁새 소리와 갈뿌리 아래로 조심스럽게 움직이는 멧밭쥐 등 설치류들을 노려보는 녀석들이 귀엽습니다. 낮은 정지 비행으로 갈숲 아래 먹이를 노리는 황조롱이와 흔들리는 물억새밭 사이로 눈 부릅뜨고 자유자재로 높낮이를 조절하며 비행하는 쇠부엉이 모습은 외계인입니다. 낯설죠. 사진으로 찍어 놓으면 얼굴 모습은 안동 하회탈 같습니다. 하회탈 주인공은 "기득권 양반 이놈들아! 정치 똑바로 하라"며 꾸짖는다. 나도 덩달아 "썩을 넘들아!" 하며 수리부엉이 눈으로 노려본다. 호사비오리 놀이터를 훔쳐보는 재미가 쏠쏠합니다. 5일 동안 훔쳐보면서 마음 줄이고 긴장감으로 차 문도 열지 못하고 계속 불편한 자세로 살핍니다. 그래도 다행입니다. 1월 첫 탐조 후, 2일 두 쌍에서 세 쌍으로 늘어나며 내심 기뻤지만 3~4일째는 볼 수 없었습니다. 낙동강 유역권에서 한 번도 관찰된 적이 없는 희귀종이어서 잠시 머물다가 (날씨 탓으로 남쪽으로 잠시 이동) 북쪽으로 다시 갔을지도 모른다는 추측을 하면서 관찰을 포기했습니다. 그래도 혹시 하며 5일째 느긋하게 강 상류 물억새 숲이 있는 모래톱 여울에서 자맥질하고 있는 5쌍을 만났습니다. 가슴이 두근두근. 한참 뒤에 한 쌍이 아래쪽에서 비행하여 무리 속으로 합류합니다. 한 곳에서 이렇게 많은 무리를 보다니… 어둠이 내리기 전에 미련 없이 내일을 기약하며 집으로 향합니다. 그래! 이번 겨울 동안 모래톱 얕은 여울에서 실컷 잘 먹고 떠나거라! 근처에 투망 들고 물에 들어가려는 사람이 있어 잘 설득하여 집으로 보냈습니다. 6일째 관찰하면서 근처에 놀랍게도 원앙이 천지삐까리입니다. 호사비오리도 자유자재로 아래위로 날아다니면서 먹이활동과 낮잠자기, 수시로 비행하기, 낙동강 주변을 맴돌기도 합니다. 내일은 해마다 두 차례씩 우포를 찾는 철새 여행을 통해 한국의 자연을 역동적으로 체험하는 기회를 제공하는 에코버드투어 팀과 아침해를 보며 4시간 정도 오전 탐조 걷기를 합니다. 그때 꼭 보여주어야겠습니다. 12시경 아점을 먹고 원앙 백여 쌍과 호사비오리가 겨울을 나는 곳으로 다시 탐조 여행을 떠납니다. 그곳에는 쇠부엉이와 잿빛개구리매, 새홀리개 등 맹금류도 만나게 될 것입니다. 외국인들이 포함된 탐조 여행이어서 서로 탐조 예절을 배우며 조선반도의 귀한 새들을 만나는 기회입니다. 탐조문화가 초중학생으로 확산되면서 자연사랑 품격이 더 높아지기를 기대합니다. 더하여 저도 더 공부하고 서식지 보존을 위한 노력과 대안 마련에 힘써야겠습니다.

2부

나는 매일 늪으로 출근한다

나는 매일 늪으로 출근한다

야생의 길

혼자 터벅터벅 걷고 있을 때 길을 묻는 사람이 있으면 최선을 다해 자세하게 안내한다. 짐승이나 새들을 만나면 일단 자세를 낮추고 눈 맞춤을 하려고 노력한다. 간혹 야생도 땅 바닥에 자세를 낮추고 앉아 있는 나를 향하여 경계심을 풀고 살펴보기도 한다.

야생은 혼자 오가는 나의 걸음걸이를 늘 지켜보고 있다.

내가 찾으려고 노력하면 가끔 불편해한다. 그래서 주변의 작은 소리, 갈대와 억새 숲속에서 움직이는 발자국 소리가 들리면 눈을 감고 몸을 낮춘다. 그들의 모습을 보거나 그들이 지나간 흔적을 살피면 고요한 침묵 속에 묘한 평화가 오래 이어진다.

바람 덕분에 겨울의 나목들은 서로 부대끼며 이런 저런 대화를 나눈다. 사람도 자연에서는 세상의 잡담이 아니라, 살아온 삶을 회고하며 어린아이들의 눈웃음처럼 행복했던 순간들을 끄집어내면서 걷다가 멈추기를 반복하면서 하늘을 향하여 벌렁 드러눕기를 권고한다.

까치설날

까치 설날. 땅거미 내리는 시간에 내 친구 C84 표식을 단 황새가 몇 달 만에 저녁식사를 한다. 오래도록 마음을 담아 지켜보았다. 짝 C11은 왜 같이 오지 않았는지 궁금하다. 둘은 오누이 사이지만 네 마리의 자식을 송전탑 꼭대기에 둥지를 트고 길렀다. 처음 몇 개월은 가끔 늪에서 같이 먹이활동을 했는데…. 못 본 지도 1년 6개월이 지났다.

어제 내린 눈은 아직 산자락에 잔설로 남아있다. 흰꼬리수리 한 쌍이 화왕산을 배경으로 잔설과 눈부신 햇살을 맞으며 힘찬 날개짓을 한다. 쪽지벌 쪽으로 한 마리가 비행을 하자 오리류와 일부 큰기러기들이 재빨리 날갯짓을 하며 다른 곳으로 이동한다.

북풍을 막아주는 산허리에서 따뜻한 햇살을 즐기며 쌍안경으로 이곳저곳을 살피며 새들과 야생의 움직임을 살핀다. 수리부엉이는 산란을 했는지? 얼마 전 로드킬 당한 담비의 남은 가족들은 잘 지내고 있는지도 궁금하다.

어제 오늘 아름다운 해넘이를 보면서 늪 안 생명들도 편안하게 지내기를 바라면서, 창고 도서관에 비축해 둔 볍씨라도 설 명절 선물로 나누어야겠다.

나는 매일 늪으로 출근한다

북상

날이 풀리면서 새들이 북상하기 시작한다.

오늘 일본 이즈미에서 수백 마리 재두루미와 흑두루미가 북상을 시작했다고 전한다. 이미 어제 낙동강과 회천 상공에는 120여 마리의 재두루미가 빙글빙글 돌다가 북쪽으로 사라졌다. 만약 낙동강 보가 열려서 모래톱이 곳곳에 보였다면 그곳에서 잠시 쉬어갔을지도 모르는데, 올해는 보 수문을 개방하지 않아 아쉽구나.

겨울을 나기 위해 습지를 찾아온 새들에게 마지막 먹이 나누기를 하는 분들이 고맙다. 어제 나누어준 독수리 밥도, 재두루미 다섯 마리 한 가족이 쉬고 있는 곳에도 볍씨를 나누어야겠다.

새들이 북상하는 것을 보면 김동환 시인의 '강이 풀리면' 님 소식을 기다리는 마음처럼 괜히 허한 걸음으로 한 하늘을 자꾸 쳐다보게 된다.

강이 풀리면 배가 오겠지
배가 오면은 임도 탔겠지
임은 안 타도 편지야 탔겠지
오늘도 강가서 기다리다 가노라

호랭이 잡는다는 담비

2012년 6월 24일 우포에서 담비가 최초로 촬영되었다. 이후, 2014년 쪽지벌에서 두 마리가 함께 달리는 것을 보면서도 카메라에 담지는 못했다. 오늘 아침 8시30분경 이태리포프라에서 껑충 뛰어내리는 녀석을 다시 보았다. 아마 주변에 새 둥지들을 털다가 인기척이 있으니까, 숲속으로 사라진 것이리라. 이 녀석이 숲속에 들어간 후 5분쯤 지났을까, 까치와 찍박구리, 딱따구리, 박새 등 숲속에 둥지를 튼 어미들의 다급한 소리가 야산 숲속을 울린다. 저 멀리 소나무 위에서 딱따구리 둥지를 습격한 것이다. 쌍안경으로는 관찰할 수는 있지만 카메라로 선명하게 담는 것은 아쉽게도 포기했다.

2012년 그 녀석인지는 확신이 없다. 강한 발톱으로 둥지를 파헤치고, 목을 밀어 넣어 먹이활동을 하는 것을 보면 건강한 녀석이다. 30미터가 넘는 나무를 오르내리며 새집을 공격하는 것과 오늘 먹이터로 삼은 소나무 둥지를 담비가 떠난 후 카메라에 담았을 때, 우포늪에는 담비와 삵, 족제비, 들개 등이 살 수 있는 공간이어서 좋다.

담비가 내 앞에 섰다. 그는 나를 오랫동안 쳐다보며 몸 춤을 추면서 자신에게 시선을 주도록 유도한다. 이미 나는 몇 년째 만

나는 자식 두 마리를 먼저 보고, 어디로 움직이는지를 관찰하고 있는 중이었다. 그것을 알아차렸는지, 나와 6~7미터 간격을 두고 상수리나무를 오르내리고 좌우로 움직이면서 자식들이 무사히 빠져나가도록 어미로서 생존전략을 쓰는 셈이었다. 어미와 나는 야생 거리두기를 하며 잘 가라고 손 흔들어주자 땅으로 잽싸게 내려와서 앞서간 자식들을 찾아 달린다. 이 녀석들은 꼭 일 년에 한 번쯤 마주하는 우포의 신님이다. 그러나 가장 우려하는 것은 작년 처음 모곡마을에 야생 따오기 둥지를 튼 곳에 담비가 알을 털어먹은 사건 때문에 걱정이 크다.

야생

　덤불 속에서 재잘거리고 있는 가시덤불 작은 틈새를 잿빛개구리매가 잽싸게 습격하는 모습을 순간적으로 보아 사진으로는 기록하지 못했지만 이렇게 야생에서는 평화 속에 긴장이 늘 흐른다.

　야생에서는 대체로 평화롭지만 겨울철 먹이를 구하는 것은 전쟁이다. 삵에게는 얼음이 얼면 겨울 철새들을 먹이로 표적하여 물억새 숲이나 꽁꽁 언 빙판을 나돌아다니면서 며칠씩 빙판

위에서 몸을 웅크리고 있는 기러기류나 고니류를 노린다. 오늘 노랑부리저어새가 쉬고 있는 사진 뒷편에서 삵과 고라니 발자국을 발견한다. 근처에서 가끔 만나기도 한디. 엊그제 비가 와서 사람의 출입이 없었던 탓에 따오기와 수달 똥 흔적이 그대로 남아있다.

특히 절벽 위에 수리부엉이도 민감하다. 따오기 복원센터에서 따오기 보호를 위해 해 질 무렵에는 수리부엉이를 쫓아내기 위해 몇 년 전부터 애를 쓴다. 사람이 개입하여 같은 보호종을 인위적으로 판단하여 서식지 근처를 위협하는 행위에 대해 나는 부정적으로 본다. 그 행위에 대한 논란은 더 지켜볼 일이지만.

우포늪 주인

　우포늪에는 따오기가 주인이 되었다. 아침을 햇님보다 먼저 따옥따옥 소리로 마을 주민 잠을 깨운다. 85세 힐머니께서 따오기 소리에 잠을 깬다고 말씀한다. 따오기는 나일강의 신이다. 그래서 미이라로 남아있다. 마을에 노인들이 다 사라지면 따오기 울음소리만 남을 것인가?

　사람과 야생 모두 지속가능한 공동체 삶과 평생학습을 통해서만 기후위기 시대에 살아 남을 수 있다는 지혜를 스스로 터득해야 한다. 야생에서 태어난 어린 따오기가 논에서 먹이를 찾다가 어미가 가까이 오자, 어미가 먹이를 주러 온 것이라고 생각했는지 어미 부리를 강제로 열어 입안을 더듬는다. 귀여운 녀석!

　이제는 스스로 먹이 찾으며 살아 남아야 한다. 어미가 다섯 마리 미꾸라지 먹는 동안 아기는 아직 한 마리도 찾지 못했다. 어미는 엊그제까지는 데리고 다니면서 먹을 곳을 가르치는 듯 했으나 오늘은 아예 비행 유도 교육만 하거나, 먹이터 근처에서 거리를 두고 지켜보기만 한다. 그래 스스로 살아가는 법을 배워야지. 힘내라 옥천아!!

 나는 매일 늪으로 출근한다

독수리

아이들과 독수리 밥을 나누고 하늘에서 비행하는 46마리를 관찰하고 있다. 밥을 나누는 순간도 나는 개입하지 않는다. 조막손으로 밥을 쥐고 논 곳곳에 뿌리고 난 후, 따듯한 논두렁에 앉아 독수리의 생태와 사람들이 야생에 겨울철 먹이를 나누어야 하는 이유도 아이들의 입을 통해 답을 구한다.

더하여 새와 야생동물을 공부하며 영어로도 찾아보면 그 이름에서 더 많은 의미를 알 수 있다고 이야기한다. 쓸데없는 짓인지는 모르지만 스스로 체험한 경험을 학습으로 이어주는 야외학습을 과학적으로 더 체계화한다면 인간 삶의 질을 높일 수 있지 않을까? 늘 아이들이 독수리의 날갯짓을 보며 나누어진 먹이를 먹는 순간 큰 기쁨을 느낀다.

먹이 나누기

예쁜 고사리 손들이 독수리 먹이를 작은 비닐봉지에 담아 이 곳저곳에 나누어준다. 벌써 하늘에는 파수꾼들이 눈 부릅뜨고 아이들을 관찰하면서 낮은 비행을 한다. 규리네 가족이 준비한 먹이까지 더해져 간이며, 비계에다 살코기까지 오늘은 야생들의 늪에서 잔치가 벌어질 터이다. 아니나 다를까. 아이들이 먹이를 나누고 얼음지치기 끝내고 먹이터를 나오자 까마귀들이 쏜살같이 나무에서 먹이터로 내리꽂는다. 왜가리 한 녀석도 잽싸게 고기덩어리 한 점 입에 물고 귀찮게 구는 까마귀들에는 아랑곳하지 않고 한 번씩 날개를 펴서 위협해 놓고는 꾸역꾸역 말아 먹어치운다,

하늘 위에는 이 잔치상에 빠질 수 없는 흰꼬리수리 두 마리까지 합세한다. 잠시 후 왜가리와 까마귀들이 포식하고 있는 곳

에 말똥가리 한 마리도 고기 한 점 뜯으며 웃는 표정이다. 그동안 강추위로 야생의 맹금류들에게는 고난의 행군이었다. 물이 얼어버리면 물고기도 못 잡고, 풀을 뜯는 고니류나 기러기류도 에너지를 쓰지 않으려고 늪 가운데에서 며칠씩 꼼짝하지 않는다. 이런 지경이니 오늘 잔치에 초대된 152마리 독수리는 말할 것도 없고, 평소 근처에 오지도 않는 말똥가리와 왜가리까지 나타났으니, 추위가 계속되면 삵과 오소리, 너구리까지 덤빌지도 모른다.

　아이들도 얼음지치기와 둑을 따라 산밖(벌) 늪에서 쉬고 있는 큰고니와 무지하게 많은 큰기러기들을 보러 오가면서 추위에도 아랑곳하지 않고 친구들끼리 막대기 한 개씩 들고 신나게 뛰노는 모습. 내 눈에는 아이들도 자연이다.

탐조

10Km 평지 늪길을 여섯 시간 넘게 걸었으니 두꺼비 걸음인가? 콩새의 눈빛과 뒷태에 매료되어 탐조를 시작하여 느리게 느리게 우포 한 바퀴를 여섯 시간이 넘도록 걸었다. 다들 편안한 시간이었다고 한다. 6월에도 와서 노을과 밤 별 보며 걷는 산책과 이른 아침 햇살 받으며 자연 시간 속에 맡기고, 김밥 챙겨서 비밀의 정원에서 졸기로 했다. 오랜만에 흰비오리도 자맥질하고, 비오리는 오늘따라 신나게 날갯짓한다. 겨울이 끝나가는 것 같다. 봄 갓도 씹으면 싸하면서 쌉쌀하다. 먼 곳에서 우포를 찾아온 벗님들 먼 길 잘 가시라!

나는 매일 늪으로 출근한다

무섬

　오늘은 발걸음이 너무 느렸다. 무섬이 밀려온다. 늘 다니는 길이어도 징검다리를 건널 때, 혹 발을 헛디디면 어쩌나 하는 두려움 때문이다. 수리부엉이 소리도 없는 어둠 속에 애기 달만 벗하여 휘파람 불며 나아간다. 갈숲이 사각사각 바람 소리를 내면 온몸이 움찔해진다. 햇살이 있을 때면 뱁새와 들꿩의 움직임이려니 하고 대수롭지 않게 여기지만…. 어둠이 내리면 새들은 물억새 숲에서 쥐 죽은 듯이 조용해진다. 멧돼지와 삵, 수달 등이 움직일 때다. 삵과 수달이야 알아서 피해 가겠지만 멧돼지가 갈숲 따라 소리내며 걸으면 조금 몸이 긴장한다. 그렇다고 플래시를 켜고 걸을 수도 없다. 야생의 공간에 초대받지 않은 손님이 마음대로 밝히고 다니면 주인들이 싫어한다. 차라리 씩씩한 걸음으로 허리 펴고 빨리 걷는 것이 피차 좋을 듯해 도요새 걸음이다. 왕버들 군락지 앞 징검다리가 어렴풋이 보인다. 조심조심 돌다리를 건넌다. 흑! 노안이라 발디딤도 서툴다. 휴! 다 건넜다. 어둠 내린 김에 수달이 흔적을 남기는 징검다리에서 똥 싸는 모습이라도 훔쳐볼까 싶은 마음이다.

사랑놀이

깃털이 잿빛으로 물들었다. 야생 따오기들의 사랑놀이가 깊어지는 때이다. 여러 쌍이 썸도 타고, 가교미도 하면서 짝을 맞춘다. 함께 잠자리에 모이면서도 짝끼리 수시로 마을 안 곳곳을 비행한다. 두세 마리, 네다섯 마리가 마을 대밭 안에서도 머물면서 사랑을 나눈다. 이미 몸 색깔을 주변 환경에 맞추어 잿빛으로 물들여 간다. 자연의 이치이다. 오늘도 어둠이 내리는 마을을 보며, 아이들 소리가 없는 아쉬움에 따오기 울음소리라도 마을 안에 가득하다. 촌노들도 따오기에 대한 사랑은 산책 길에 눈길로 가름한다. 가끔 폰카로 사진도 찍기도 하고, 관찰 이야기를 나누며 신나 하신다. 16년 전 복원사업을 정부에 제안한 것이 잘했다는 생각이 든다.

 나는 매일 늪으로 출근한다

입춘 추위

늪 바람이 보통이 아니다. 맨발로 나섰다가 손발이 다 얼었다. 세찬 서풍에 큰고니 가족은 서쪽으로 몸을 향하고, 동쪽 털주머니에 부리를 넣었다. 큰 고니와 큰기러기들도 강추위와 바람을 피하기 위해 함께 뭉쳤다. 시간이 갈수록 바람은 더 세차진다. 이 바람을 뚫고 비행하는 따오기 한 마리에 넋을 잃고 바라보았다. 날개 근력이 얼마나 단련되었기에 저렇게 높낮이를 조절해 가며 세 차례나 늪을 휘젓고 다니는가. 야생에서 스스로 생존법을 터득해 나가는 저 모습을 보면 우리 아이들도 관찰을 통해 배울 수 있으면 좋겠다. 우포늪에서는 늘 비슬산과 화왕산이 한눈에 들어온다. 의령 쪽으로는 한우산이 합천 쪽으로는 노을 질 때, 가야산이 보인다.

루미

　루미야! 고맙다 우포늪 찾아줘서…. 루미는 두 개의 깃이 없지만 고향으로 잘 돌아가도록 우포에서 돌보아 주어야 한다.

　산촌습지에서 4일 떠난 루미가 우포늪에 8일 오후 방범석 농부가 발견하여 감시원 주영학 씨에게 알린 것으로 확인하였다. 10년 전 우포늪에서 단정학(두루미)이 한 달 정도 머문 이후 처음이어서 모두를 기뻐했다. 큰 경사이고 행운의 시간이다. 이동하면서 비어있는 3~4일은 어디에서 머물었는지 미스테리지만 그것은 상상의 공간에서 즐거움으로 남겨 두고 싶다.

　'루미'는 거제 김영춘 에코활동가의 도움으로 산촌습지에서 한 달 정도 돌봄을 받았다. 거제에서 잘 지내다가 우포늪으로 온 지가 13일째 되었다. 거제에 있을 때는 왼쪽 날개깃 한 개가 없었고, 한 개는 부러져 있었다고 한다. 그런데 우포에서 발견된 루미는 왼쪽 날개깃 두 개가 없다. 아마 덜렁덜렁하던 깃 하나도 이동 중에 사라진 모양이다. 다양한 생명이 살아가는 서식지 보전 활동에 관심을 보이거나 행동하는 분들께 두 손 모아 고맙고 감사하다는 인사를 전한다.

 나는 매일 늪으로 출근한다

황새

우포늪에 네 마리 황새가 나타났다. 큰 경사다. 황새목 저어새과 따오기들이 함께 춤추는 날.

예산에서 방사한 녀석들이 제법 나뭇가지까지 물고 이곳에 둥지를 틀 준비를 하는지, 계속 주목하고 있다. 우포 따오기의 둥지 트기 준비와 더불어 올해 늪의 봄은 화려하다. 고인이 된 김수일 교수가 꿈꾸었던 세상이 되어간다. 지난 7일 모습을 보인 이 녀석들은 슬기롭게 적응하면서 살아가고 있어서 늪 개방에 즈음하여 공개한다.

참고로 자연으로 돌아가신 김수일 교수는 우포늪에서 이 땅에서 사라진 황새와 따오기를 복원하고 싶어했다. 당신은 미국에서 공부를 마치고 98년 람사르습지인 우포늪이 보호지역이 되자, 이곳을 방문했다. 뛰어난 서식지인 우포늪에서 멸종위기종인 새들을 이곳에서 복원하면 좋겠다고 제안하면서, 교원대 교수로 재직하는 동안 국제두루미재단 아치볼트 이사장과 협력하여 황새와 따오기 복원을 추진한 분이다.

욕쟁이 할배

    야생의 생명들은 늘 나를 지켜보고 있다. 오늘도 꿩은 자식들을 불러내어 풀숲으로 숨도록 한다. 고라니도 풀을 뜯다가 몸을 숨긴다. 그들은 야생과 사람 간에 거리를 느낌으로 지켜낸다. 대부분 초지나 숲을 걸으면 새들이 경계음으로 주변 생태공동체와 공유한다. 초록빛 봄날, 잉어들도 산란을 준비하면서 물살을 가르며 온몸을 공중부양하며 강인한 모습을 보인다. 일 년에 한 번 쯤 모습을 만나는 담비도 잽싸게 덤불 속으로 사라진다. 이렇게 야생의 세계를 관찰하면서 하루를 보내는 나도 절대보지 않는 것이 있다. 새들 둥지 보지 않고, 먹이활동 할 때는 뒷걸음으로 물러난다. 어둠이 내리면 휘파람으로 멧돼지나 다른야생들과 사랑의 거리를 유지하려고 노력한다. 그래서 때로는잘 모르거나, 알면서 야생을 위협 행동하는 사람들에게는 나는야생 시어머니 노릇을 하는 욕쟁이 할배다.

 나는 매일 늪으로 출근한다

황새 봉순이

 야생은 늘 우리를 보고 있다. 하늘 맑은 날! 황새는 상승 기류 타며 야산에서 늪을 바라보고 있는 나를 향하여 "더 높이 더 멀리 보아야 내 친구가 될 수 있어." 따오기 두 마리도 내 눈 앞을 스치면서 "우리는 바람을 거스리며 나아가고 있어. 함께 날아갈 수 있을까?"

 2014년 3월 18일 김해 화포천(봉하마을, 퇴래뜰)에 일본 도요오카에서 복원된 황새 한 마리가 나타났다. 회포천 근처 논과 수로에서 드렁허리와 믈고기, 개구리 등을 사냥하면서 오래도록 머물렀다. 일 년 뒤 다시 화포천습지에 나타나서 먹이 활동을 하다가 전국을 다니기 시작했다. 우포늪에도 나타나고 하동, 순천만, 서산, 남강 등 황새가 서식하기 좋은 지역을 찾아다녔다. 그 이름을 도연스님이 봉순이로 명명하여 오래도록 지켜보고 보호하면서 한일 간에 어린이 교류도 하였다. 그렇게 세월이 흘러 10년 세월이 흘렀다.

자연학교

초등시절 함께 자연배움을 나누었던 아이들을 다시 만났다.
왝~왝 왜가리 왜가리할아버지~~*

우포생태교육원 습지배움 프로그램에 신창여중 소녀들이 쾌활한 웃음으로 함께한다. 연초록 즐거움을 입에 가득 담고 자연 소리와 새들의 움직임에 집중한다. 고라니들이 다녀간 연못도 보고 나무학교에서는 새들의 양 날갯짓처럼 균형 잡는 걸음놀이도 즐긴다. 왜가리, 백로, 따오기들을 보며 우포늪의 진면목을 보기도 한다.

복원센터 앞 논을 보여주며 영화 '물의 기억'에서 고인이 된 노무현 대통령 어린 시절을 이곳에서 찍었다는 이야기에 아이들은 귀를 쫑긋했다. 마침 5년 전 대지초 아이들과 일 년 동안 매주 금요일 오전 늪생물 관찰 후, 오후에는 학교도서관에서 관찰 그림 동화를 그렸다. 학년을 마칠 때에는 아이들 그림 동화로 출판되어 화제가 되기도 했다. 그때 배움을 나누었던 아이들 두 명을 다시 만나자 소녀들은 당시 불렀던 왜가리 할아버지 노래를 친구들에게 가르쳐주고 함께 부르며 무척 반가워했다. 인연은 이렇게 이어진다. 그렇게 봄날은 간다.

 나는 매일 늪으로 출근한다

자운영

이망배(망-맛) 타고 왕버들 지나 자운영 꽃밭에서 새들이나 훔쳐볼까나!

소쩍새 소쩍소쩍 대낮에 울고, 장다리물떼새 아홉마리 긴다리로 춤추며 먹이 찾는다. 흰눈썹황금새도 되지빠귀와 울음소리 경쟁하면서 암컷을 기다리는 졸음 내리는 시간. 따옥따옥 소리에 딱따구리도 질세라 딱딱거리며 집을 짓는구나! 아직도 떠나지 않은 큰고니 한 마리와 노랑부리저어새 다섯 마리도 낮잠 깊이 들었다. 호랑지빠귀에 호르르륵 호르르륵 호반새도 낮게 흐르고 밀화부리도 예쁜 입술 자랑하는구나!!

꾀꼬리, 파랑새만 날아들면 두견이도 구슬픈 울음 토하면서 남의 둥지에 탁란하여 자식을 키울 것이다. 그러나 두견이 전설은 더욱 구슬프더라!!!

삵

오늘은 여유 있게 혼자 터벅터벅 걷는다. 목표는 흰눈썹황금새의 아름다운 노래를 듣고, 물총새 물고기 사냥을 훔쳐보기로 했다. 그런데 내 앞에서 물에 빠진 새앙쥐처럼 삵이 터벅터벅 걸어가고 있다. 아마 잉어 사냥에 나섰다가 실패한 모양이다. 앞서 가면서도 몇 번이나 물가에서 기다리다가 또 앞으로 나아간다. 지금은 잉어 산란철이라 그런 모양이다. 물고기 사냥이 안되자 계속 힘 빠진 자세로 터벅댄다.

어! 풀숲으로 들어가던 녀석이 뭔가를 잡았다. 사진에는 나타나지 않았지만 나는 휴! 다행이다. 저녁 굶을낀데.

물총새는 부지런히 작은 물고기 잡아 식사를 하고 떠났다. 나오는 길에 흰눈썹황금새는 여전히 짝을 찾아 수컷이 아름다운 사랑의 세레나데를 부른다. 겨울 철새들이 떠난 자리에 남쪽에서 올라온 되지빠귀 등지빠귀 소리와 자운영 끝물에 찔레꽃 향이 짙어진다.

건너편 아카시 길의 꽃향과 쪽지벌 절벽에 늘어선 등나무 꽃길도 장관이다. 5월의 초록처럼 우포늪에는 꽃향이 곳곳에서 진동이다. 내일도 아이들과 오전 오후에 또 꽃길을 걸으며 함박웃음꽃 피겠다.

어버이날

어버이날에 흙으로 돌아간 부모도 그립지만, 할아비가 된 나는 손녀를 보며 그들을 위해 남은 삶을 어떻게 유용하게 쓸 것인가를 생각하는 아침이다.

야생 따오기가 자식 기르는 둥지를 지켜주는 마을 분들과 수다를 떤다. 내 손주만큼 귀한 따오기 잘 지켜주어 고맙다고 두손 모은다. 연세 높으신 월미댁 할머니는 늘 따오기를 관찰하면서 아침 다섯시만 되면 따옥따옥 소리로 동네를 깨워서 좋으시단다. 같이 앉은 여러분들도 한마디씩 한다.

오전에는 여러 차례 오가며 논에서 먹이를 둥지로 나르고, 오후에는 뜸하단다. 자세히 보면 논에서 오랫동안 머물면서 먹이를 잔뜩 잡아 입 안에 넣어서 둥지로 가서 어미와 자식들을 먹이는 것 같다고 한다. 전에는 먹이를 왜가리나 백로에게 뺏기기도 했는데, 올해는 그렇지 않다고도 하고, 둥지 근처를 까마귀가 호시탐탐 노리는 것 같다는 말씀도 한다. 수리부엉이 같은 맹금류도 자식 기를 때, 동네 까치, 까마귀들의 공격 때문에 어미가 힘들다고 전하면서, 우리 인생살이와 같다고 한마디 거드니, 주민들이 공감해 준다. 고맙다.

조영학 어르신

　세월은 흘러도 누군가 기록을 남기면 역사가 될 것이다. 자연에서 역사를 보는 것은 무위자연이다. 늑대와 재두루미, 여우 이야기를 해주신 어르신은 고인이 되셨다. 2014년 6월 24일에 페이스북에 올린 글을 읽는다. 내내 건강하셔라 기원했는데, 세월을 거스르지는 못한다.

　조영선 어르신 댁에서 소주 한잔합니다. 생학마을에서 늑대가 염소(얌생이) 물고 가던 이야기며 노란여우가 꼬리를 끌고 다니던 모습을 생생하게 말씀해 주십니다. 어제부터 어르신 찾아 뵙고, 우포 주변 생태 이야기를 기록합니다. 어르신 늘, 건강하십시오.

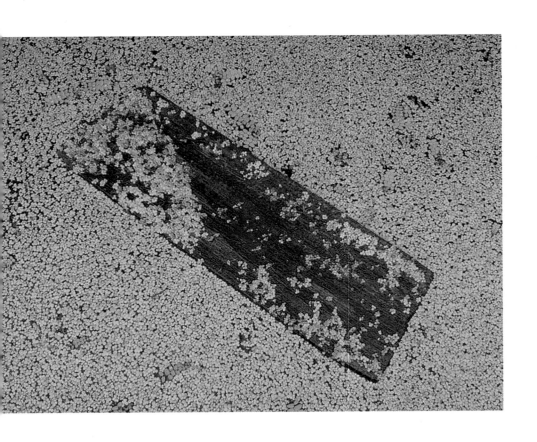

초록

　우포늪은 초록세상이다. 개구리밥, 생이가래, 마름, 가시연꽃 등으로 초록빛깔로 덮힌 물 위에는 물꿩과 백로, 왜가리 등이 자리 잡았다. 지난 4월에 잉태한 작은 물고기들이 떼 지어 다니는 것을 사냥한다. 물총새들은 움직이는 물고기들을 잽싸게 사냥하고, 수달도 징검다리 댓돌에 남긴 물고기 뼈 똥에서 우포늪의 생명력을 증명하고 있다. 왕버들 가지에 숱한 생명들의 집도, 자연에서 태어난 새끼 따오기들의 날갯짓도 우포 어머니의 보살핌이다. 나 또한 어머니 품인 우포 자연에 기대어 오늘도 싱싱하게 살아내고 있다.

모네의 정원

아침 해를 온몸으로 받아 안는다. 물꿩도, 따오기도 햇발 아래 웃는다. 황금 두꺼비 자궁에 품은 생명들까지 아름다운 날. 無爲自然이란 만물의 흐름을 인위적으로 조작하지 않고 그 스스로 완성하는 것이라는 삶의 철학을 가슴에 품고 행동하며 살아내야겠다.

우포늪에는 자연 모네정원이 여러 곳 있다. 가만히 들여다보면 늪에서만 주로 볼 수 있는 나비잠자리의 빛깔은 오묘하다. 가시연과 수생식물들이 어우러져 햇살에 비치는 비행 날갯짓도 아름답다. 여름 우포늪은 생명력이 넘치는 모네의 정원 그림에다 모내기한 논에서 노을을 만나는 것도 좋다.

새끼 따오기

    새끼 따오기 두 마리가 복원센터 안에서 먹이활동을 하고 있다. 2년 전 처음 세상에 나온 어미들처럼 논에서 먹이활동을 하다가 백로나 왜가리에게 먹이터에서 종종 쫓겨 나오는 모습은 같다. 다만 어려서 그런지 잠시 후에는 또 아랑곳하지 않고 논으로 들어간다. 몇 번을 그렇게 쫓겨 다니면서도 또 태연하게 없었던 일처럼 논가를 부리로 쑤시거나, 풀잎 사이를 뒤적이면서 작은 곤충과 물고기, 논고동 등을 찾아내는 것 같다. 두 시간 동안 새끼들의 움직임을 관찰해 보니 먹이활동을 하는 부지런함이 백로나 왜가리보다 뛰어나다.

    낮 기온이 34도까지 오르는 시간에 대부분의 왜가리와 백로들은 입을 벌리고 훽훽거리면서 멈추어 있는데도 새끼 따오기는 지치지 않고 먹이활동을 멈추지 않는다. 그래! 자연 부화하여 세상에 처음 나와 스스로 살아가는 모습을 응원한다. 마음 같아서는 잠자리는 어디서 하는지 마지막까지 지켜보고 싶었지만, 오전부터 몇 번을 늪에서 관찰기록 하느라고 지쳤다.

쉼터

발품을 팔면 즐거운 하루가 열린다. "밭에서 일하다가 소나무에 앉아 있는 처음 보는 오리가 한 마리 보이더마는, 쪼갠 있으니까, 시꺼먼 까마구가 막 쫓아낸께 날아가는 모습이 희고 거무튀튀한 날개로 보이더만. 소리가 따오기 소리 같더라. 그런데 이틀 있다가 또 봤네." 잘 아는 할머니가 전한다. 저밋골 들어서는데, 하늘에 따오기가 마을에서 늪으로 날아간다. 아마 이곳에서 제법 오랫동안 터를 잡느라고 주변을 맴도는 모양이다. 잠시 후, 소나무에 앉아 쉬고 있는 녀석을 바라본다. 그래 그 나무 근처에 담비도 나타난 적이 있어. 아마 숲이 좋아 너희들 쉼터로 적당할지도 몰라.

나는 매일 늪으로 출근한다

백로의 아침식사

이 아름다운 빛과 그림자를 즐기는 하얀 천사 백로가 매일 가시연 꽃 위에서 벗들을 불러들여 식사를 즐긴다. 일주일 전만 해도 200여 마리의 아침식사 자리가 이제 500마리가 넘게 물고기 사냥으로 식사를 즐기고 있다. 이때만은 질서 정연하게 무리 지어 움직인다. 식사가 끝나면 가족 단위로 때로는 작은 무리별로 숨터를 찾아간다. 이렇게 아침저녁으로 가시연꽃이 식사 자리를 만들어 준다. 가시연이 왕성하게 자라면 자랄수록 식사 자리에는 하얀 천사 백로들이 더 많이 초대될 것이다. 2008년 람사르총회가 열린 해에는 2000마리가 오늘처럼 식사하였다. 벗들이여 우리도 이곳에서 자연식을 마음껏 즐길까요?

2012년 7월 31일 글이다. 2014년 여름 이후에는 우포 본늪에서는 이 모습을 볼 수 없다. 4대강 사업으로 자연범람이 사라지면서 나타난 현상이다. 본 늪에 일반 연이 창궐할 조짐도 있다. 시급한 원인 규명과 대책 마련이 요구된다.

물꿩

폭염 속에서 한줄기 소나기가 쏟아진다. 물꿩 아비는 어떻게 알들을 포란하는지 궁금했다. 해질 무렵 조용한 시간. 평소 같으면 이 시간대에는 물꿩들의 날갯짓과 울음소리도 없다. 먹구름이 잔뜩 낀 날씨에 일찍 둥지 근처에 밤을 지낼 준비를 한 것 같았다. 항시 관찰이 가능한 둥지 한 곳에는 아비가 20~30분 정도 알을 품고 있다. 더운 낮에는 목욕한 후에 깃털을 다듬고는 둥지 근처로 와서 먹이활동을 하면서 천천히 둥지에 접근하면서 긴 발로 이동한다. 알을 품는 자세도 동서남북으로 바꾸어 간다.

보통 새들은 새끼를 돌보는 것이 대개 어미와 아비의 공동육아다. 그러나 물꿩은 다른 새들과는 다른 행동을 보인다. 물 위 가시연 같은 넓은 잎에 알을 하루에 한 개씩 낳고, 알을 낳은 후에는 전적으로 수컷이 돌본다. 어미는 새끼를 낳은 둥지 근처에는 오지 않고 맞은편에서 울음소리만 수컷을 향해 낸다. 간혹 둥지에서 떨어진 곳에서 같이 목욕도 하면서 놀다가, 수컷이 날개를 펴고 암컷에게 접근이라도 하면 암컷은 냉정하게 수컷을 떠나버린다. 암컷은 근처에 여러 개의 둥지를 가지고 수컷이 둥지를 돌보게 한다. 한 수컷에게 치우치지 않는 것은 유전자 다양성 측면에서 암컷이 선택하는 전략인지도 모른다. 폭염 속에서 한줄기 소나기가 물꿩에게는 어떤 생태적 가치가 있는지가 궁금한 날이다.

밥 냄새 나는 들판

　구수한 밥 냄새가 들판에 가득하다. 벼는 익어가고 참새들은 신났다. 늪 안에는 백로 무리 1천여 마리가 수초 위에 벌레들과 작은 물고기잡이에 학춤을 추며 좌우로 흔들린다. 어제의 노을도 오늘 아침 구름 사이 햇님도 늘 내 님이 아니던가. 매미 소리에 미루나무도 춤 추고 동네 할미도 고추 따다가 날 보고 인사한다. 나도 손 흔들며 깻잎 한 장 따서 맡는다. 농사는 하늘이고 밥은 땅이다. 밥이 사람이고 햇님의 사랑농사가 천지 기쁨이구나.

왕버들

매미소리에 취해 왕버들 넉넉한 품에 안겼다. 마름 녀석은 하늘을 품고 있다. 96년 왕버들 일곱 그루가 잘려 나가기 일보 전, 나무를 안고 버텼다. 그렇게 살아남은 어르신들은 우포의 전설이 되었다. 나와 새벽길을 걷는 사람들은 이 나무에 올라 기념사진도 찍고, 쓰담쓰담 한다. 아이들과는 나무타기 놀이도 하고, 여름 철새들 관찰 장소이기도 하다.

오늘도 따오기 찾아 나섰다가, 눈감고 잠시 옛 생각에 잠기는 행복한 시간이다. 꾀꼬리 소리에 눈뜨자, 옆 세 번째 나무에는 원앙 두 마리가 털 만지고 있다. 일어날 수가 없다. 가끔 나무에 안겨 있으면, 수달과 청호반새, 호반새, 물총새, 멧돼지, 물사슴, 잉어 등이 물 따라 바람 따라 거슬러 오른다. 왕버들아!! 천 년만 살아다오. 뭇생명의 기록을 고이 간직하면서~~*

거미

구름 안개가 깊다. 이런 날은 거미 친구를 만나러 간다. 물인개가 낀 날도 그렇다. 구수한 밥 냄새 나는 벼 이삭에 주렁주렁 달린 논에 거미집은 바둑돌처럼 쭉 늘어선다. 거미줄 보고 그물도 만들고, 옷감 원료가 되기도 한다. 왕거미가 잔뜩 날벌레들 잡아 놓아도, 등 뒤에서 괴롭히는 작은 이 같은 벌레가 귀찮은 모양이다. 긴 다리로 수시로 녀석들을 쫓아낸다. 그러나 그것도 잠시뿐…. 사람이 잘난 척해도 작은 풀 모기 한 마리에 견디지 못해 안절부절못하지 않는가. 세상 이치가 그렇다.

나비

　나비 간지럼 마사지 받아 보셨나요? 후텁지근한 한낮에 내 손발은 나비들의 놀이터가 되었다. 잠수교는 곧 잠길 것 같다. 징검다리는 어제부터 건널 수 없다. 매미 소리와 풀벌레 소리, 애기 물고기 쩝쩝 먹는 소리. 아!! 파리도, 개미도, 풀 모기까지 내 몸에서 제 할 일 한다. 나는 눈동자만 굴리고 있다. 가끔 늪 안에서 고라니도, 흰뺨검둥오리도 물 헤엄치는 시간에 무념무상이다. 나비야 청산가자!!

캠프

밤길에 자식들 손잡고 걷는 일은 어미가 모유를 먹이는 일이다.

우포생태교육원 1박 2일 캠프에 강사로 나서는 일은 즐겁다. 어둑어둑해지면 바람 소리 따라 걸으면서 풀 향기 속에 숱한 생명의 소리를 듣는다. 아이들도 숨죽이며 방울벌레 소리며, 귀뚜라미 소리를 듣고 소리를 표현해 본다. 미루나무 잎이 바람에 흔들리면 부모들은 아이들을 위해 미루나무 동요를 불러주고, 아이들도 한 소절식 따라 부른다. 배움은 이렇게 상호 소통이다. 꽃내음과 주변 생명들 움직임을 관찰하다가 개똥벌레가 풀 섶에서 솟아오르면 탄성을 지른다. 개똥벌레의 춤사위가 가장 자연스럽다. 하늘의 별, 풀별인 반딧불이, 물속에 비친 달별 그림자까지 아이들과 함께한 부모들까지 낭만적이고, 어두운 밤길을 걸으며 자연의 품에서 가족 밤길 여행은 감수성을 풍부하게 한다. 걸으면서 관찰한 개똥벌레와 총총한 견우와 베타 사이를 가로지르는 은하수가 흐르는 여름밤은 행복하고 즐겁다고 말한다. 캠프장으로 돌아오면 천체 망원경이 기다리고, 감자 굽는 냄새에 아이들은 신난다.

어르신

우포늪 근처에서 살면서 새를 좋아하여 수리부엉이 둥지를 찾아다니고, 고라니도 키우면서 어린 시절을 보낸 팔십 중반 어르신과 걷는다. 한번은 동네 개구쟁이들이 수리부엉이 새끼 두 마리 입에 모래를 잔뜩 넣어 두었단다. 그것도 모르고 혼자 새끼 보러 갔다가 갑자기 수리부엉이 어미가 등짝을 공격하여 깜짝 놀라 집으로 왔는데, 날카로운 발톱에 찍힌 흔적과 피가 옷에 묻어나와 부모님께 크게 혼났다고 기억을 되뇌인다. 둔터 사는 친구가 매를 가져와서 길렀는데 부산에서 새 키우는 사람이 매를 사러 와서 제법 비싼 값을 받았단다. 1년 뒤에 매 거래는 불법이라는 경찰의 전화를 받고는 관상조류로 평생을 새 키우기로 살아왔다는 것이다.

여우와 늑대를 보며 살았던 옛이야기를 들으며 걷는다. 마을 사람들이 기러기류, 오리류를 잡아 단백질을 채우던 시절을 회고하면서 지금도 틈만 나면 우포를 걸으면서 야생의 새들을 관찰하며 즐겁게 사신단다. 어르신 생각으로는 새를 좋아하는 사람은 나쁜 사람이 없다고 한다. 개구쟁이 시절 마을 곳곳에 새 둥지 찾아 놀이하던 때가 그리운 듯하다.

딱따구리

가을에 접어들면서 늪 길에서 딱따구리류의 "드르륵", "탁탁" 소리가 반복되고, 움직임도 눈에 많이 띈다. 생태관에서 미루나무길 따라 걸으면 청딱따구리와 오색딱따구리류들이 버드나무와 이태리포플러 나무를 오가며 벌레잡이 활동을 하거나 예전에 지어놓은 집을 들여다보거나 그 사이를 드나들며 내년 봄 집을 마련하기 위해 부지런히 움직이는 듯하다. 아침 산책길에 만난 큰오색딱따구리는 사람을 경계하지 않으면서 나무 사이를 오가며 아침 식사를 한다. 그런데 미루나무 위의 청딱따구리는 전에 지어놓은 앞뒤 구멍이 뚫린 나뭇가지를 계속 살펴본다. 앞 구멍 안으로 들어가기도 하고, 잠시 멈추었다가 뒤편 구멍으로 쏙 들어가기를 반복하면서 그것이 둥지인지 잠자리인지 궁금하다.

해마다 반복되는 자연의 이치기도 하지만 유난히 봄 둥지를 지을 때와 겨울 철새들이 도래할 무렵에 딱따구리류들의 활동이 눈에 띄는 편이다. 그러나 쇠딱따구리는 사계절 작은 몸짓으로 박새류나 오목눈이들과 어울리면서 큰 나무보다 작은 버드나무류가 가로수처럼 이어지는 곳을 놀이터이자 먹이터로 활용한다. 이렇게 작은 숲이 풍성하게 이어지는 곳에는 내년 봄에 흰눈썹황금새도 야생 거리두기를 하며 둥지를 틀 것이다.

겨울 초입

겨울 초입에 안개는 미루나무를 품었더라. 가지 끝에 달렸던 무수한 사랑도 이제 끝내야 하는 시간. 그래도 여름 내내 키웠던 그 무성한 잎들은 그냥 사라진 것이 아니라, 물속에 곱게 차곡차곡 쌓여 겨울을 나는 뭇 생명들의 이부자리가 되고, 먹이가 되어 새봄에 다시 만날 것을.

딱따구리류들이 나무 쪼는 소리를 내며 부지런히 움직일 때 큰기러기들도 2000마리가 넘게 늪에 도착했다. 여름 늪이 남긴 마름의 열매 '물밤'을 물속에서 건져 먹으며 '빠드덕 빠드덕' 행복 소리 내는 날. 노랑부리저어새와 큰고니도 먼 길 와서 고단한지 솜털 사이로 부리를 푹 넣어 잠을 청한다. 이제 겨울철새들이 내 친구다. 별과 달은 속삭인다. 낮에 이만 칠천 보를 함께 걸은 그 인연들을 생각하며 잠들지 못하고, 먼 길 날아온 새들 울음소리에 옷깃 세우며 오래도록 생각에 잠겼더라.

비밀의 정원

　며칠 비웠던 비밀의 정원을 걷는다. 따오기 네 마리가 예쁘다. 맨발로 촉촉한 흙길을 걸으면서 삵이 다니는 길을 조심조심 한 걸음 한걸음 옮긴다. 낙엽 쌓인 좁다른 길에는 짐승들 냄새가 곳곳에 배어 있다. 혹 마주치면 내 눈은 밑으로 깔아야 하나, 아니면 밝은 표정으로 웃어야 할까. 혼자 생각하며 나무 사이에 웅크리고 앉아 쇠오리 무리들 노리던 그 표정을 읽는다. 다행히 나무 아래 물가 흙에는 기러기 똥뿐이다.

　며칠 지난 똥과 아침에 싼 똥이 있어 조만간 이 냄새 맡고 몸 낮추고 낙엽 밟는 소리 나지 않을 촉촉한 날 어둠이 내리면 일을 벌일 것이다. 나도 자세 낮추어 삵이 되어 기러기 똥 냄새 맡으며 날랜 사냥꾼이 되리라.

　기후재난으로 물속에 인간 세상 잠길 때, 나는 삵처럼 날래거나 기러기처럼 날개 달고 살아남는 연습하며 꼭 짐승 되어 살아남고 말리라! 살아남아 인간이 아닌 오염 처리하는 왕버들로 살아가리라.

청소년 쉼터

청소년 쉼터 소녀 여덟 명과 황새도 보고 왕버들에서 따오기도 관찰했다. 노을이 지는 시간에는 백조의 호수에서 잠자리로 돌아오는 새들을 보며 환호한다. 저렇게 많은 새는 처음 본다며 폰 카메라로 연신 찰칵! 찰칵! 나는 아이들과 걸으며 잘 자라서 행복한 삶을 영위하도록 마음으로 응원했다.

헤어지는 시간에 "왜가리 하부지 대구에도 오세요." "왜?" "제가 미용 공부 하거든요. 머리 다듬어 드릴게요." "고맙구나!!" 작별 인사하고 돌아서는데 차문이 열리면서 귤 담은 봉지를 손에 쥐어준다. "건강하셔요, 하부지"라며 창문 열고 손을 흔든다. 그래, 고맙다!!! 집으로 돌아오는 걸음걸음이 밤새 울어대는 새들의 깃털처럼 가벼운 걸음이다.

- "힘들었지만, 사람도 먹고 살려면 돈 벌러 가듯이 새들도 배고프면 먹이 찾아 날아가는 것을 보며 사람과 자연이 똑같다는 생각을 했어요."

- "따오기의 여러가지 아름다운 색깔을 보면서 자연에서 잘 관찰하여 디자인 공부하면서 활용하면 좋겠어요."

- "쓰러진 왕버들 가지에서 뿌리를 내려 다시 살아나는 모습을 보고 나도 내 자리에서 꼭 무엇인가를 해내겠다는 각오가 생겨요."

인연

늪에 살얼음이 얼었다. 비 온 뒤라 삶의 발자국도 선명하다. 그러나 수달의 똥 흔적은 빗물에 씻겨 흔적이 없다. 은빛 신사 흰비오리와 비오리들도 자맥질에 바쁘다. 추운 날씨 탓인지, 아니면 낙동강 하구의 먹이 부족 탓인지 고니류들이 급속히 늘어났다.

달과 지구, 태양이 함께 빛 그림자를 보듬는 모습을 눈 안에 담는다. 한참 바라보면 다시 둥근 달로 환한 웃음을 쏟아낸다. 세상이 힘들 때는 그래도 함께했던 벗들을 생각하자. 새벽을 기다리며 초겨울의 풍광을 마음에 담아 느리게 걸으며 봄을 기다린다.

오늘 늪바람이 세차 새들도 움추리고, 내 몸도 웅크렸지만 구름 사이로 방긋 웃으며 먼 길 가는 당신을 잠시 보았네. 노을 내리는 시간에는 두 손 모으고 터벅터벅 집으로 가면서 자꾸 하늘을 본다. 우포의 밤하늘에는 먼저 간 벗들이 많다. 함께 막걸리 한 잔 나누며 이승 친구들 소식 전해 주이소.

동생

꼬마 아가씨가 동생 손을 잡고 걸으면서, 뉘엿뉘엿 넘어가는 해를 보며 "해가 참 예쁘지" 한다. 동생도 "응, 예쁘다"라고 대답한다. 아이들이 이런 표현을 하다니! 걷는 뒷모습을 한참 바라보았다.

하루종일 내리던 여우비가 그치자, 구름 노을이 곱다. 새들도 어둠 따라 잠자리로 돌아오는 시간. 아직 먹이활동을 끝내지 않은 기러기들도 논에서 동무들과 재잘거리고 있다. 마을 이장도 내일 동회가 있다고 스피커 음을 높이는 시간에 작은 물오리들도 쌕쌕소리 내며 제트기 속도로 늪 안으로 향한다.

보름달

안개 속에 새들 소리가 따뜻하다. 어둠이 내리는 시간, 따오기가 회왕산 쪽으로 날아간다. 겨울 철새들을 품은 노을은 어머니 품이다. 안개와 노을, 보름달은 사랑이다.

불을 끄고 누워도 달빛에 잠 못 들어 문 열고 별을 바라본다. 별들은 졸고 있는데 고니들과 기러기들도 잠 못 들고 트럼펫을 불어댄다. 가끔 부엉이 울음소리도 슬픈 밤이다. 낮에는 얼어버린 늪을 따라 걸으며 새들을 카메라에 담았다. 산새들이 부지런하다. 따오기도 여섯 마리가 논습지에서 잘 논다. 수리부엉이 부처님도 내 절을 받으며 배시시 웃으신다. 신들의 정원에서 만나는 생명들은 나의 벗이다.

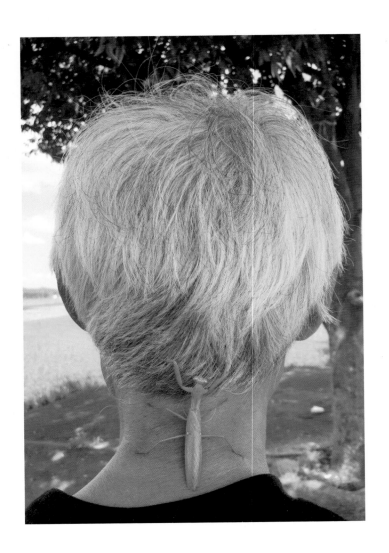

 나는 매일 늪으로 출근한다

왜가리 하부지

나는 자연인이 아니다. 대지에서 자연을 회복하고, 세상을 변화하기 위하여 끊임없이 투쟁하고 있다.

"인생 말년에 행복해지기를 원하는가? 그렇다면, 재테크보다 우(友) 테크를 잘 하라!" -고테

나의 벗은 왜가리다. 어제 늪에서 먹이활동 하는 기러기를 숨어서 덮치려는 삶을 보고 높은 나무에서 왝왝 하면서 주변에 위험 신호를 보낸다. 그리고 먹이를 구할 때는 30분에서 2시간이 지나도록까지 꼼짝하지 않고 물속에서 기다린다. 지나는 사람들은 인형이냐고 묻는다. 덧붙여 왜가리는 세상 어디서든지 볼 수 있는 가장 흔하고, 숫자가 많은 친구다.

간혹 사람들이 나보고 따오기 할배라고 부르면, 아니다. 나는 멸종위기종이 되고 싶지도 않고, 가장 민초적인 것에서 세상 이치를 깨우치고, 행동하는 왜가리 하부지가 되고 싶다.

3부
우리 곁으로 돌아온 따오기

우포늪 따오기의 둥지를 기다리는 4월
2020.05.06.

2019년 4월 22일, 우포늪 따오기 40마리가 야생으로 나갔다. 지금은 절반 정도 살아남았지만, 다른 나라의 경우 사라진 종을 복원하는데, 오랜 시간이 걸렸던 경험을 참고로 하여 긴 시간을 지켜보아야 한다. 오늘도 우포 따오기들은 둥지를 마련하느라고 부지런히 동네 곳곳을 다니며, 좋은 소나무를 찾아다닌다. 또 멋진 사랑을 위하여 목욕도 자주한다. 목소리도 크고 청아하다. 여러 곳에서 사랑을 나누는 모습이 목격된다.

잠어실 주민들도, 옥천마을 어르신들도 따오기들의 움직임을 자세하게 이야기한다. 소목에서도, 사지포 뒤편에서도 따오기들이 소나무에서 쉬어가거나 먹이를 찾기 위해 논에 머무는 모습을 자세하게 알려준다. 그런데 따오기가 먹이를 찾기 위해 머무는 논들을 관찰하다 보면, 세진마을과 다부터 논의 벼 그루터기가 있는 곳에서 작은 애벌레를 찾아 먹는 모습을 볼 수가 있다.

다음은 이틀에 걸친 관찰기록이다.

4월 8일

　어둠이 내리는 시간, 우포늪 대대제방에서 맞은편 옥천마을 쪽으로 따오기 두 마리가 잠자리를 찾아 날아간다. 한참 지켜보다가 어둠 속으로 사라지는 따오기들에게 '얘들아! 제발 야생에서 사랑을 나누고, 둥지를 잘 만들어서 꼭 새끼들을 낳아 잘 길러다오'라고 간절히 빌어본다.

4월 9일

　우포늪 한 바퀴를 돌면서 마을마다 들러 어르신들을 만난다. 시골 주민들은 대부분 고령이어서 마을에 머무는 시간이 많아 주변에 일어나는 일들을 잘 아는 편이다. 어젯밤에 따오기가 잠자리를 찾아간 옥천마을에 먼저 들러 85세신 김희표 어르신을 마을 입구에서 만났다. 옥천마을에서 노동마을까지 걷는 중이라면서 대뜸 따오기 이야기부터 하신다.

　우리 마을에 따오기가 나타나면 뒷마을 잠어실 쪽으로 가지 않고 노동마을 쪽으로만 간다며 신기해하신다. 지난해 가을부터 마을 앞 논에

앉기도 하고, 소나무에 앉아 쉬다가 노동마을 쪽으로 사라진다는 것이다. 최근에는 두 마리가 오기도 하고, 세네 마리가 함께 마을을 돌아 노동마을로 간다고 한다. 마을에 들어오기 조금 전에 두 마리가 소나무에서 연애하는 것을 보았다는 말에 껄껄 웃으신다. 이렇게 마을 어르신들도 청아한 따오기 울음소리가 들리면 어느 나무에 앉는지 도란도란 모여 이야기를 나눈단다.

마을 주민들의 증언으로 그려본 우포 따오기 동선

이웃 마을인 노동마을에 들어선다. 이곳에서도 산책 중인 전 이장인 공씨 부부를 만나 걸으면서 따오기 이야기를 나눈다. 두 분은 소도 키우고, 복숭아 과수원도 하신다. 얼마 전에는 마을에서 연밭 조성을 하면서 미꾸라지를 풀어 놓았는데 어떻게 알았는지 용케도 따오기가 그곳에서 먹이활동을 하더라는 것이다. 며칠 전 정봉채 사진가로부터 들었던 이야

 우리 곁으로 돌아온 따오기

기와 일치한다. 그리고 노동마을 '형설의 전당' 이사장도 지난 가을에는 집 앞 전봇대에 앉아서 사람도 두려워하지 않더니, 겨울철에 들면서부터는 집 뒤 소나무에 두 마리가 앉아 사랑을 나눈다는 것이다. 이렇게 마을마다 지난 가을부터 금년 봄까지 찾아오는 따오기들을 주민들이 일일이 기억하여 전해준다.

다시 잠어실 마을로 발길을 돌리면서 평소 낮에 쉼터로 이용하는 마을 앞 나뭇가지에서 세 마리를 만난다. 낮에 논에서 먹이활동을 하고, 목욕한 몸을 말리기 위해 정기적으로 나타난다. 집이 나무를 바라보는 곳에 위치한 잠어실 마을 이장 부인은 따오기가 나타나서 한두 시간씩 쉬다가 간다고 전해준다. 이처럼 마을마다 쉼터나 잠자리로 이용하는 따오기들이 발견되지만, 둥지를 만드는 흔적은 아직까지 없는 셈이다.

오후에는 따오기복원센터 안 논에서는 인식표를 단 따오기 32v, 66v, 67v 세 마리가 사랑놀이를 하고 있다.

지금 시기에는 짝을 지어 소나무에 둥지를 틀고, 산란 준비나 알을 부화할 때다. 그런데 따오기들은 나무에 둥지를 틀지 못하고 암컷 한 마리를 두고, 수컷 두 마리가 나뭇가지를 물어다 주며 구애 활동만 계속하고 있다. 소나무 가지에서 나뭇가지를 입에 물고 암수가 차곡차곡 둥지를 만들어야 하는데 야생에 처음 나와 학습경험이 없는 탓에 계속 헛발질만 하고 있는 듯하다.

　어둠이 내리자, 따오기 두 마리가 화왕산 쪽으로 잠자리를 찾아 나선다. 아마도 이 두 마리는 잠자리를 옥천마을 쪽과 화왕산 쪽을 번갈아 가며 이용하는 것으로 보인다. 대부분의 따오기들은 센터 안 논에서 먹이를 취하고, 우포늪 주변 마을과 야산, 늪, 마을, 논 등 6~7곳을 돌아다니면서 활동하다가 해가 지면 잠자리는 센터 안 소나무를 이용한다. 그곳에서는 어둠이 내리는 시간에 지금도 서로 사랑을 나누는 것은 지속되지만 둥지를 트는 행동은 관찰되지 않는다. 우선은 안전하게 따오기 복원센터 안에서 둥지를 틀면 좋겠다.

　따오기를 310일 이상 관찰기록으로 정리하다 보니 국민적 관심을 가졌던 야생 따오기 방사를 홍보하고 응원하는 민관협력기구가 절실함을 다시 한번 생각하게 된다. 특히 코로나 사태로 건강한 야생 생태계의 중요성이 부각되는 지금, 행정과 관찰기록자, 마을 주민들이 함께 따오기 야생 적응기를 국민들에게 알리고, 더 나아가 어린이들을 위한 환경교육 프로그램으로의 진화로 연결되길 바란다.

치밀하고 용감한 개척자, 우포 따오기 36Y

2020.05.08.

지난해 따오기가 야생에 방사되고 사람들과 가장 가까운 곳에서 먹이활동을 한 따오기는 36Y와 57Y였다. 다른 개체들은 대부분 따오기복원센터 앞 논에서 미꾸라지를 잡는 먹이활동을 한 반면, 36Y와 57Y는 같은 미꾸라지를 먹이로 하는 왜가리와 백로와의 경쟁을 피하기 위해서인지 버드나무 숲 나무그늘 아래의 지렁이를 주 먹이로 선택하였다. 게다가 비교적 다른 따오기들보다 미꾸라지 잡는 솜씨도 좋았다. 복원센터에서 정기적으로 먹이를 공급해 주는 당일에는 5분에 한 마리씩 사냥하는 것을 관찰했다.

또 이 두 개체들은 다른 따오기들이 오후 5시 정도가 되면 먹이활동을 끝내고 따오기복원센터 안 소나무숲으로 이동하는 것과 달리, 한두 시간 더 먹이활동을 한 뒤에 잠자리로 돌아가곤 했다. 특히 36Y는 먹이활동을 끝내고 근처에 사람이 있으면 가까이 오기도 하고, 근처 느티나무 위로 날아가 깃털을 다듬기도 했다. 또 같이 활동하는 따오기들은 잠자리로 돌아갈 때, 복원센터 쪽으로 곧장 날아가지만, 36Y만 유독 우포늪 방향으로 날아가다 빙 돌아서 복원센터 안으로 들어가는 모습을 보였다.

　가을(10월)에 접어들면서 따오기들은 날개 힘을 키우고 비행연습을 하는 듯, 맑은 날 낮 시간이 되면 상승기류를 타고 하늘 높이 무리를 지어 날았다. 이런 와중에 36Y는 우포에서 방사된 따오기 중에서도 비교적 멀리 구미, 상주, 안동, 제천 등으로 먹이터를 옮겨 다녔다. 최근에는 등에 달린 위치추적기에 이상이 생겨 다시 포획돼 왔지만 곧 2차 방사가 결정되면 2차 방사된 무리들과 함께 다시 야생으로 돌아갈 것이다. 36Y는 처음부터 먼 곳을 간 것이 아니라, 소위 근력을 키우고 하늘 높이 날았던 경험을 토대로 강원도까지 이동한 것으로 보인다. 처음부터 복원센터 주변을 벗어나 고령, 합천, 밀양, 함안 등으로 나가서 포식자들에게 죽임을 당한 다른 따오기들의 경우와는 차이점이 있는 것이다. 36Y는 상주, 구미 등에서 겨울철임에도 논에서 살얼음을 깨고 미꾸라지를 잡는 모습을 보였다는 것에서 야생 생존의 기대감이 높아지고 있다.

이같이 야생으로 나아간 따오기들의 행동양상을 밀도 있게 관찰하여 실패와 성공의 사례들을 분석하는 것은 따오기의 야생 안착률을 높이는 중요한 과정이다. 그런데 이러한 전방위적 관찰은 전문기관, 지역주민, 자발적 관찰 봉사자들이 협력하고 교류할 때 가능하며, 상호 교류를 통하여 단편적 정보들을 통합적인 정보로 재생산할 때 그 가치를 발휘할 수 있을 것이다. 결국 따오기복원센터와 전문가, 마을 주민, 자발적 관찰봉사자 등이 연대하여 자주 교류하며 민관협력으로 따오기 보호와 서식처를 지키고, 응원하는 구조를 만들어야 할 것이다.

마을 주민들이 온 마음으로
따오기의 야생 번식을 응원한다
2020.05.12.

4월 23일

오늘도 야생 방사 후부터 따오기가 먹이활동을 하면서 꾸준히 오가던 주변 마을들로 관찰에 나선다.

오전 6시 20분, A마을 쪽에서 따오기 두 마리가 B마을로 날아 들어온다. 6시 30분에 한 마리가 논으로 들어간다. 논에는 왜가리 한 마리가 있고, 까치, 까마귀는 눈에 띄지 않는다. B마을은 성주 이씨가 많이 살고 있는 곳으로 주민들의 따오기 보호와 외부인 감시가 각별하다. 6시 44분쯤 A마을 쪽으로 한 마리가 날아간다.

7시 10분 산허리 쪽으로 들어갔던 따오기가 소리도 내지 않고 마을 뒤편 대밭 속 소나무 둥지 쪽을 들어갔다가 이내 따오기 논에 들어가서 먹이활동을 한다. 7시 21분에 철수하면서 근처 A마을 앞 공용화장실을 거쳐 C마을에서 따오기 소리를 듣는다. 어제 서쪽 언덕배기 소나무 숲에서 보았던 수컷 따오기가 오늘은 동쪽 맞은편 소나무 속에서 가끔 응원 신호를 보내고 있다. 며칠 전부터 잠자리로 이용하는 것 같다는 주민 최씨 이야기다. 이 녀석도 8시 4분경, 날아서 쪽지벌 쪽으로 가다 산을 넘어 따오기센터 쪽으로 향하는 것 같다.

 우리 곁으로 돌아온 따오기

　한편 맞은편 참나무와 소나무가 잘 어우러진 곳에서 까악까악 까마귀 한 마리가 날아오른다. 불현듯 까마귀 서식처와 따오기 둥지가 겹치면 어쩌나, 혼자 걱정이다. 이튿날 다시 왔을 때 마을 사람이 까마귀와 따오기가 다투는 모습을 보았다고 했다. C마을에서 나와 8시40분경 징검다리에 도착하여 따오기센터로 걸어서 이동하여 아침에 만났던 따오기를 관찰하러 나섰다. 다섯 마리의 따오기가 먹이활동을 하고 있다. C마을에서 날아온 녀석과 XX마을에서 가끔 머무는 녀석들이다. 오후 4시 22분을 시작으로 따오기들이 C마을과 XX마을 쪽으로 이동한다.

　다시 해 질 무렵 C마을에 귀농한 최씨를 만나 5~6일 전부터 짧은 나뭇가지를 물고 집 앞 숲을 드나드는 따오기를 보고 있었다. 가끔 두 마리가 D마을 쪽으로 갔다가 돌아오기도 하고, 잠은 집 맞은편 숲에서 자는 것 같다는 이야기를 듣는다. 이곳도 B마을처럼 이들의 둥지가 되기를 기대하면서 어두워진 늪 길을 따라 집으로 향한다. 해가 많이 길어졌다. 다음날 다시 C마을에서 최씨를 만났다. 26일 최씨는 5시에 집 뒤 소나무에서 울음소리를 들었다고 한다. 5시 50분경 B 논에 따오기 한 마리가 앉아있다. 센터 쪽에서 따오기의 청아한 울음소리가 아침을 연다.

4월 26일

　오후 5시 57분 주영학 감시원이 발목에 101번을 단 따오기가 소목마을 소나무에 앉아 있다며 전화했다. 101번은 낮에 따오기복원센터 앞 논에서 먹이를 먹고, 그 시간에 마실 나간 모양이다. 야생에 나간 우포 따오기들은 세 마리 단위로 세력권을 형성해 나가고 있다. 다행히 우포늪 주변 마을의 소나무와 참나무가 잘 어우러진 곳을 좋아하는 듯하다. 따오기가 날아드는 마을의 주민들은 가장 중요한 따오기 관찰요원이다.

　중국과 일본에서도 따오기가 야생에서 살아가는데, 중요한 조건은 서식지 확보와 둥지를 트는 마을에서 주민들이 지켜주는 것이다. 그런데 가장 큰 천적은 일부 사진가들과 탐조인들이 경쟁적으로 산란기간에 접

근하여 따오기가 둥지를 포기하는 일이다. 그래서 중국과 일본에서는 서식지에 접근하는 사진가들을 주민과 감시원 등이 쫓아낸다.

지금은 따오기들이 둥지 트는 시기이다. 어느 마을 주민은 자기가 아는 XX마을 사람이 둥지 트는 나무 아래서 카메라를 들이대더라는 것이다. 당장 중요한 일은 한두 쌍이라도 우포 주변 마을에서 둥지를 트고 육추를 할 수 있도록 멀리서 지켜보거나, 50일 정도만 참아 주기를 기대하면서 최소한 100m 이상 거리를 두고 촬영하기를 바란다. 제발! 따오기가 야생에서 정착하도록 응원해 주기를.

두번째. 야생으로 돌아간 따오기들
2020.06.12.

5월 28일

작년에 이어 40마리의 우포 따오기가 야생으로 나갔다. 코로나 위기로 3~4월에 방사하기로 한 따오기가 사회적 거리 두기에 발맞추어 작은 규모 행사로 진행하였다. 어쩌면 사람들도 야생의 거리 두기를 본받는 꼴이다. 지난해 쓴 '야생 방사한 따오기 365일 관찰일기'에 따르면 여러 가지 우여곡절이 있었지만, 민관협력으로 물 흐르듯이 자연스럽게 복원사업이 추진되고 있다. 지금 우포늪 주변 마을에 정착하여 따오기복원센터를 거점으로 주민들과 복원센터 간에 소통과 협업을 통하여 행운과 사랑을 나누는 상징으로 관심을 듬뿍 받고 있는 셈이다.

올해 두 번째로 진행된 따오기 방사는 5월 28일 우선 10마리를 방사하고 나머지 30마리는 방사장 문을 개방한 상태로 두면서 자연스럽게 밖으로 나가게 하였다. 그런데 재미난 사실은 이들 30마리가 방사장 밖으로 나오지 않고 오히려 센터 앞 따오기 논에서 먹이활동을 하던 백로 한 마리가 방사장 안으로 들어가는 것이다.

전날 2차로 야생으로 나간 열 마리 중 따오기 한 마리가 방사장 지붕에 머물다가 타원형으로 방사장 주위를 빙빙 나는 모습을 지켜보았다. 마치 아기가 집 주위를 배회하는 듯했다.

따오기는 번식기에는 다른 새들처럼 소리를 내지 않고 낮게 조용히 비행하는 습성이 있다. 평소에는 날갯짓을 시작하기 전과 비행 중에 규칙적으로 따옥따옥 울음소리를 낸다. 그래서 비번식기에는 울음소리만으로도 따오기가 이동하거나, 쉼터와 잠자리, 먹이터로 향하는 것을 쌍안경으로 쉽게 관찰할 수 있다.

2차로 야생으로 나간 따오기들이 센터 앞 논에서 먹이 활동하는 모습을 관찰할 수 없었다. 지난해 1차 방사로 부부가 된 32V와 57Y는 소리없이 센터 앞 따오기 논에서 먹이활동을 한두 시간씩 하고 조용히 사라지는 행동을 매일 반복한다. 두 마리는 둥지는 준비했지만, 아직 산란은 하지 않았다고 보아야 한다. 같은 시간에 먹이활동을 하는 것은 포란할 알이 없다는 반증이다.

오늘도 두 마리는 사이좋게 각자 먹이터를 찾아 활동하고는 조용히 사라진다. 그들의 서식지인 쪽지벌 넘어 여러 마을 숲속의 잠자리에는 둥지를 트고, 산란 여부는 확인하기 어렵지만 조용히 산란 준비하기를 기대한다.

처음 E마을에 산란한 따오기 소식으로 알 만한 사람들은 모두 기뻐했다. 따오기 두 마리가 둥지를 떠나고 알을 조사한 결과 무정란으로 밝혀지며 첫 번째 산란은 실패로 돌아갔다. 담비의 습격과 지역주민도 말릴

틈 없이 둥지 가까이에서의 사진 촬영 등이 요인인 것 같다. 지금도 수컷이 가끔 대숲 근처 나무에서 옛 둥지를 쳐다보며 실패한 상처를 달래고 있는 것처럼 보였다. 마을주민들과 복원센터 등 관계자들은 실망이 컸지만, 다행히 근처 소나무 숲에서 두 마리는 둥지를 새로 지으며 2차 번식을 시도하고 있는 것 같아 지켜볼 일이다. 더 지켜보아야 할 일이지만 애태우며 산란을 기다리는 센터와 주민, 관찰요원들의 수고가 많다.

지난해 5월 29일자 관찰일기를 보면 "따오기가 야생으로 나간 지 6일, 7일째 관찰에서 놀라운 변화가 일어났다. 평소 왜가리와 백로에 쫓기면서 4~5일 동안 먹이활동을 하던 다섯 마리 따오기가 센터 앞 논 습지 먹이터에 먹이활동을 하며 적응해 갔다. 36Y와 57Y는 먹이활동 후, 나무에 올라가서 깃털을 다듬기도 했다. 제법 야생에 익숙해지는 모습이었다"라는 기록을 볼 수 있다. 올해 야생으로 나간 무리들도 곧 적응을 통해 이같은 모습을 보이기를 기대한다.

드디어 야생으로 나간 따오기가 발견되었다. 노란 표식에 90T, 00T를 새긴 따오기들이 센터 앞 따오기 논에서 먹이활동을 하는 모습이 관찰됐다. 2차 방사 후, 4일 간은 모습을 보이지 않다가 5일이 되면서 모습을 드러내기 시작했다. 처음 논에 나온 녀석들이라 작년 첫 방사한 따오기 때처럼 먹이활동을 하면서도 연신 왜가리와 백로들의 눈치를 보고 있다. 간혹 미꾸라지라도 잡으면 백로가 쫓아가서 먹이를 낚아채려고 해서 도망가기 일쑤였다. 이후, 매일 두세 마리가 일정하게 센터 앞 논에서 먹이활동을 하고 있다. 일부 개체가 우포늪에서 반경 10~20Km 정도를 비행하기도 하지만, 대부분 센터 주변 숲에서 생활하고 있다. 처음 방사하는 날에도 열 마리 대부분이 숲속으로 들어가는 모습을 관찰한 바 있다. 날이 더워지면서 이들의 먹이활동도 한낮에는 거의 보이지 않는다. 더위를 무척 타는 모양이다. 멸종되기 전 이들은 겨울철새라는 점을 상기하면 그 유전적 특성이 나타나는 것이리라고 추정된다.

※ 따오기의 성공적인 야생 안착을 위하여 당분간 따오기의 이동경로가 드러날 수 있는 장소 및 마을 이름 등을 알파벳으로 나타내니 양해 바랍니다.

우포늪 따오기의 평화로운 일상
그리고 관찰자들

2020.07.10.

6월 19일

　☆☆마을 창고에서 만난 공 어르신, 차병입 씨 등 주민 세 분께 따오기 관찰 내용을 전해들었다. 요즘에는 따오기 두 마리, 네 마리가 날아다니면서 소리를 내지 않고 움직인단다. 네 마리가 소나무 숲에서 자고, 새벽에 나가기도 하고, 아침에 들어오기도 한단다.

　공 어르신은 아침 5시경 밭에 가시다가 여섯 마리 따오기가 소리를 내며 날아가는 모습을 보았단다. 한 마리가 먼저 숲에서 나오고, 이어서 두 마리, 세 마리 순서로 산 너머 갔다고 말씀하신다. 전날 오전 6시경 복원센터에서 관찰 중에 여섯 마리가 1. 1. 2. 3 순서로 E마을로 날아가는 모습을 본 것과 일치한다.

　다음날 마을회관 앞에서 만난 할머니는 사흘 전, 아홉 마리가 날아가는 것을 보았단다. 다섯 마리가 앞서고, 네 마리가 따라갔단다. 이렇게 최근 방사한 따오기와 작년에 방사한 따오기들이 복원센터에서 직선거리에 마을과 산이 동시에 위치한 세 개 마을을 선호하는 것 같다. 발품과 추적 지도를 함께 활용하면 제대로 관찰기록이 될 것이다.

아침 따오기 여섯 마리가 복원센터 안 논에서 먹이활동을 하고 있다. 그 동안 장맛비로 날이 흐려서 밖으로 잘 나오지 않던 따오기가 햇살이 나오자 골고루 흩어져서 먹이활동을 하고 있는 모습이 반갑다. 그러나 올해 나온 따오기는 먹이를 찾아 입에 물면 왜가리와 백로들의 시샘으로 먹이터 밖으로 쫓겨나는 모습을 보여준다. 그래도 끈질기게 논과 논두렁, 보리가 자랐던 밭을 오가며 눈칫밥을 먹고 있다. 따오기를 위해서 미꾸라지를 복원센터에서 정기적으로 뿌려주는데, 오히려 적반하장으로 백로와 왜가리가 무리를 지어 아예 터줏대감 노릇을 하는 것이다.

아침 물안개가 늪에 깊고 넓게 퍼져 따오기복원센터 앞 논에서 새들의 움직임을 자세히 보기 힘들다. 어제 창녕지역 폭염으로 아침 해맞이를 할 수 없을 정도로 물안개가 짙어졌지만, 차츰 햇살이 늪 안으로 스물스물 퍼지면서 왜가리, 백로, 청둥오리, 따오기 등이 먹이활동을 하는 모습을 볼 수 있었다. 네 마리 중 두 마리가 왜가리와 백로와 어울려서

먹이활동을 한다. 19V 등 두 마리는 3주 전 우포자연학교 아이들이 모내기를 한 자리 옆에서 먹이활동을 하는 것으로 보아서 귀찮게 구는 백로, 왜가리를 피해서 따로 먹이를 구하는 것 같다. 특히 이 자리는 우포늪을 방문하는 사람들 가까이에 위치하여 야생 거리두기를 하는 백로 등은 잘 오지 않는 자리이다. 이 자리에서 간혹 왜가리나 백로 등이 따오기와 먹이활동을 같이 하다가도, 사람이 지나가면 이들은 소리 지르며 날아가지만 따오기는 지나는 사람을 잠시 쳐다보고는 먹이활동을 계속하는 편이다. 오늘도 오랫동안 두 마리 따오기가 먹이 활동하는 것을 지켜보았다. 오전 6시부터 관찰하여 9시가 되어 따오기와 백로 등이 먹이터를 떠나자 따오기 네 마리도 덩달아 늪 안으로 날아오르더니 건너편 C마을 소나무 숲 쪽으로 사라진다.

현재 우포 따오기는 420여 마리이다. 야생과 복원 중인 개체수를 합한 숫자이다. 지난해와 올해는 야생에 나가서 잘 살아남도록 자연부화를 시도하는 중이어서 2년 전까지처럼 개체수가 눈에 띄게 늘어나는 일은 없어진 셈이다.

현재 1차와 2차 방사한 따오기들은 대부분 우포늪 근처에 살고 있고, 합천군 쪽으로 세 마리가 자리 잡고 있다. 작년에 강원도 영월까지 갔다 온 36Y는 복원센터 안에서 얌전히 생활하고 있단다. 늘 36Y의 동향이 신경 쓰이는 것은 작년 10월경에 복원센터에서 날아올라 다른 동료 따오기들과 하늘 높이 비상훈련을 하다가 홀연히 사라진, 다른 따오기들과 행동양상이 좀 다른, 그렇지만 가장 멀리 날아간 개체이기 때문이다.

 우리 곁으로 돌아온 따오기

아주 건강한 수컷이어서 이번에는 짝지를 데리고 한반도 전역을 돌다가 가장 자연생태가 뛰어난 곳에서 둥지를 틀기를 기대한다. 나아가 창녕군을 벗어난 개체들은 그곳의 환경단체나 주민들과의 연대를 통하여 보호운동을 활발히 하는 방법 모색도 필요한 때이다.

한편 따오기를 위한 논습지 조성을 위하여 우포자연학교와 람사르환경재단은 지난 6월 10일과 6월 27일 모내기와 미꾸라지 방사를 했다. 이렇게 어린이들과 지역주민이 참여하는 따오기보호운동은 향후, 야생동물 서식지 확보와 먹이터 조성 그리고 따오기복원과 같은 야생동식물 복원운동에 국민적 관심을 갖게 하는 밑거름이 될 것으로 기대한다.

태풍을 이겨낸 12마리의 우포 따오기
2020.09.09.

8월 27일

　장맛비가 끝나자 태풍비가 쏟아지면서 우포늪에 사는 야생 동식물들에게는 시련의 시간이다. 폭풍비에 늪이 잠기고, 잠수교도 건널 수 없다. 어제 저녁에 잠자리로 들어간 야생 따오기와 야생동물들은 다 무사한지 걱정이다. 마을과 마을을 잇는 길들이 범람으로 다 막혔다. 산길을 둘러둘러 마을과 야생을 관찰해야겠다. 밤새 모두 안녕하신지? 야생 따오기가 쉼터로 사용하는 마을로 향한 큰 소나무는 태풍피해가 없어 다행이다. 동쪽으로 300m 떨어진 잠자리의 소나무와 참나무 숲도 피해가 없다. 그래서인지 마을을 바라보는 소나무에 벌써 두 마리 따오기가 앉아 있다.

　해지는 시간이 빨라지면서 따오기들의 잠자리 귀환 시간도 빨라졌다. 6시가 되면서 소나무에 열두 마리가 앉았다. 따오기들의 발목에 달린 노란 표식에 새겨진 번호를 쌍안경으로 확인한다. 16v, 19v, 18y, 63x, 57y, 67v, 18u, 97x, 18v, 09y, 07u가 보이고, 남은 한 마리의 번호는 식별하기가 어렵다.

한편 무리에서 늘 외톨박이였던 04y가 마을 안에서 보이지 않는다고 마을 입구 창고에서 마늘 작업을 하는 아주머니가 일러준다. 그 자리에서 따오기복원센터로 전화했다. 외톨이 4y는 탈진한 상태로 마을 앞 농수로에서 30일에 회수되었다는 것이다.

지난해에 방사된 4y는 평소에도 외톨이 생활을 해왔다. 해질 무렵 소나무에 앉은 무리에서 쫓겨나는 모습을 관찰하기도 했다. 그러면 혼자 마을 안 주홍색 지붕 위에서 잠을 자고, 아침에 마을 위를 한 바퀴 획 돌고는 지붕 위에서 쉬기도 했다. 이 녀석은 복원센터 먹이터를 무리들과 이용하지 못하고, 마을 논과 밭, 수로 등에서 먹이활동을 해왔다. 마을 안에서 혼자 서성거리며 살아내는 모습을 보며 주민들이 걱정하는 소리를 여러 차례 들었다. 그래서 회수되기 전 일주인 전에 비닐하우스에서 하루종일 서성댄다는 주민의 걱정을 듣고, 따오기복원센터로 연락을 취하기도 했다. 결국 혼자 동네 근처 논, 밭, 비닐하우스 등에서 먹이를 구하다가, 탈진한 것이다. 주민 이야기로는 나를 만나 걱정을 털어놓기 전날 밤에 따오기 울음소리를 듣고 나가보니까, 온몸에 흙을 뒤집어쓴 모습이었는데, 한밤중이라 어쩔 수 없어 집으로 돌아왔다는 것이다.

이처럼 주민들과 따오기 간에도 깊은 교감이 있은 것으로 예측된다. 그런데 다음 날부터 보이지 않는다며 걱정해서 센터에 문의한 것이다. 마침 담당 사육사는 우포 사진가 한 분이 탈진한 따오기를 수로에서 포획하여 복원센터로 회수할 수 있게 수고를 했다는 것이다. 이렇게 민·관, 민·민 협조를 통해 무사히 센터로 돌아간 것은 다행이다. 전화 통화 후, 4y는 지금 센터에서 먹이를 제공하며 점차 회복하고 있다고 전하니까, 주변에 있던 따오기 관찰요원과 주민, 사진가들, 감시원까지 기뻐한다.

위와 같은 사례는 민·민, 민·관 협력이 얼마나 중요한 역할을 하는지를 방증하는 것이다. 따오기 등에 달린 위치추적기를 통해 현재 위치 정도, 이동 동선 정도는 파악할 수 있어도 따오기의 건강 상태, 생활패턴 등은 확인할 수가 없다. 이는 애정을 가지고 따오기를 보는 '사람'이 있어야 가능한 것이다. 이러한 점에서 창녕군에서 지원하고 있는 마을 지킴이의 역할이 빛나는 것이다.

다만, 여기서 나아가 한 달에 한 번 정도는 지역주민의 관찰기록과 행정에서 관리하는 따오기 분포 정보를 공유하고 그간의 서식 현황과 주민의 관찰, 그리고 행정의 서식지 지원 프로그램에 대한 평가도 함께하게 되면 주민에게는 더 심도 있는 학습의 기회가 제공될 것이다. 행정기관은 따오기 분포와 관련 기계적 정보뿐만 아니라 보다 융합적인 정보를 가지게 될 것이고, 보다 효율적인 서식지 지원프로그램에 대한 정책을 수립하게 될 것이다.

그동안 따오기를 중심으로 복원을 위한 기술적 노력은 많은 성과를

가져왔다. 그러나 지금 따오기가 이용하는 서식지가 처음 예측과는 달라진 부분이 있다. 그동안 대대와 소야 쪽을 따오기 먹이터로 이용하게 하기 위해 많은 노력을 기울였지만, 실제로는 모곡, 잠어실, 옥천, 노동 등으로 따오기들이 쉼터와 잠자리로 이용하는 횟수가 많아졌다. 실제 서식지 이용 빈도수 등을 분석하여 옥천마을 같이 이용 빈도가 높은 잠자리 지역에 대해서는 친환경 농업 등을 통해 보다 안정적인 서식지를 조성하면 좋겠다.

장마가 끝나고, 햇살이 나오자 복원센터 앞에 조성된 따오기 논에서 66V와 15Y 등 여러 마리가 다시 왜가리와 백로 등과 어울려서 먹이활동을 하는 모습을 관찰할 수 있다. 더 나은 협력으로 내년에는 반드시 따오기의 야생 번식이 이루어지기를 기대한다.

우리 곁으로 돌아온 따오기

자연의 시간에 맞춰 변화하는
야생 방사 따오기들
2020.10.15.

가을철에 접어들자 해가 뜨고 지는 시간이 여름철과 차이가 나면서 아침 먹이활동 시간이 1시간 정도 차이가 난다. 센터에서 먹이활동을 마치고 마을 잠자리로 돌아오는 시간도 마찬가지이다. 여름철에는 오전 5시 전후 깨어나서, 오후 6시 전후에 잠자리로 돌아오던 것이 가을철이 되면서 오전 6시경에 깨어나서 오후 5시면 잠자리로 돌아온다. 자연의 시간에 따라 따오기들의 시간도 변화된 것이다.

지난 10월 1일~11일 동안 따오기가 잠자리에서 먹이터로 이동하는 과정을 관찰하였다.

10월 11일

해뜨기 전 6시 5분, 소나무 가지 잠자리에서 따오기들이 깨어난다. 6시 7분, "따옥따옥" 소리를 신호로 12마리가 일제히 아침 식사를 위해 날아오른다.

이동 동선은 마을 논을 지나 쪽지벌 키 큰 미루나무를 기준으로 왼쪽으로 돌아 우포늪 사초군락지 위를 지나 따오기복원센터 안까지이다. 복원센터 안에서는 정기적으로 미꾸라지 같은 먹이를 주기 때문에 야생에

나온 따오기 중 우포늪 주변과 복원센터 안 나뭇가지에서 잠을 자는 따오기들은 대부분 이곳에서 하루 종일 먹이활동을 하곤 한다. 여름철에 복원센터 앞 따오기를 기르는 논에서 먹이활동을 하는 무리는 백로와 왜가리, 오리류들이 대부분이었다. 9월에 접어들면서 간혹 57Y 등 따오기 두세 마리가 백로와 왜가리 등과 어울리면서 미꾸라지를 잡거나 논둑과 숲속에서 지렁이나 땅강아지 등 곤충을 잡아먹기도 하였다. 그러나 지난해에 이곳에서 여섯일곱 마리가 정기적으로 먹이활동을 하였던 것과 달리 올해는 따오기 먹이터로 조성한 논에서는 먹이활동이 거의 없는 점은 그 원인을 비교 분석해 볼 일이다.

　이렇게 복원센터 안에서 해 뜰 무렵부터 먹이활동을 하고 해가 지기 전 한 시간 전쯤 마을 쉼터와 잠자리로 열두 마리가 3~4분간의 비행을 통해 돌아간다.

　잠자리로 돌아가는 모습도 이른 아침에 먹이터로 이동하는 모습과는 차이가 있는데, 앞서 설명한 대로 먹이터로 이동할 때는 울음소리를 신호로 열두 마리가 동시에 날아가는 모습을 보였다면, 해 질 무렵 마을 잠자리로 돌아올 때는 두세 마리가 앞서서 날아오르고, 세네, 네다섯 마리 등 다양하게 대열을 지어 날갯짓을 한다. 때로는 여덟아홉 마리가 한 번에 같이 비행하여 잠자리로 돌아오고, 나머지 두세 마리는 잠시 사초 군락지를 지나 징검다리 맞은편 소나무 가지에서 잠시 쉬어가기도 한다. 잠시 머물면서 먹이터 연못에서 활동하면서 젖은 깃털이나 비행으로 흩어진 날개 깃털을 고르는 것이다.

　마을로 돌아오면 앞이 훤히 보이는 큰 소나무 두세 그루를 선택하여 잠자리로 돌아가기 전까지 머문다. 특히 중간에 키 크고 옆으로 나뭇가지를 잘 뻗은 소나무 가지에는 보통 여섯일곱 마리가 자리를 차지하고,

나머지 두 나무에는 두 마리, 혹은 세 마리가 나누어서 자리 잡는다. 그런데 재미 난 것은 따오기 사이에도 서열이 정해진 탓인지 57Y, 63X, 18Y, 09Y, 67V, 91T 등이 중심 나뭇가지에 주로 앉는다. 12마리 중에서 항상 가운데 나뭇가지를 중심으로 좌우편 나뭇가지에서 잠자리로 돌아가기 전 30여 분을 이곳에서 잠시 휴식을 취하거나 깃털 손질하는 것은 매일매일 반복적으로 하는 행동이다.

휴식하는 곳을 주민들이 바라보거나 휴대전화로 사진을 찍는 것에도 아랑곳하지 않는다. 지역에 사는 사진가 일부도 매일 근처에서 따오기 촬영을 하지만 그 모습도 두려워하지 않는다. 따오기도 제비처럼 사람 친화적인 조류임에는 틀림이 없다. 그러나 어느 동물이든지 새끼를 기르는 둥지에 접근하는 것은 매우 민감하다는 사실을 주민과 사진가들에게 주지시켜 교미 준비를 시작하는 겨울철부터 봄에는 따오기들과 충분한 거리를 두고, 특히 둥지 근처에는 절대 접근하는 일이 없도록 하는 사전 교육이 필요하다.

야생에서 한 뼘 더 성장한 따오기,
참매 트라우마를 극복하다

2020.11.03.

10월 30일

오후 5시 15분 노을이 내리는 시간에 화왕산(불뫼)에 달이 솟아오르고 따오기들도 달 춤을 춘다.

6일 전 참매의 갑작스러운 공격에 혼비백산한 따오기 열세 마리가 마을 잠자리를 포기하고, 3일 동안은 따오기복원센터 안에서 밤을 지새웠다.

10월 29일 해가 질 무렵에 따오기 아홉 마리가 용케도 다시 마을로 돌아와서 이곳에서 밤을 보냈다. 그런데 네 마리는 마을 잠자리로 돌아오지 않고, 근처 징검다리 주변 소나무 가지에서 밤을 보냈다.

그래서 30일 오후 4시 경에 복원센터를 내려다볼 수 있는 산봉우리에서 따오기들의 움직임을 다시 관찰하였다. 오후 4시 58분 복원센터에서 따오기 아홉 마리가 일제히 날아올랐다. 평소대로 사초군락지 위를 지나 마을로 향한다. 복원센터에서 마을까지는 4분 정도 걸린다. 마을 쉼터 근처까지 갔던 따오기들 아홉 마리가 되돌아 나온다.

이때 시간이 5시 7분. 내 눈앞을 지나 다시 사초군락지 길을 따라 복원센터로 되돌아갔다.

 우리 곁으로 돌아온 따오기

　초조한 마음으로 따오기들의 행동을 지켜보며 복원센터 안을 멀리서 쌍안경으로 들여다보고 있는데 잠시 낮게 비행하던 무리들이 회전하더니 다시 되돌아 나온다.

　그때 시간이 5시 15분이다. 7~8분의 짧은 시간이었지만, 긴장이 풀리면서 순간 기뻤다. 이들 아홉 마리가 다시 마을로 향하여 들어가고, 잠시 후 네 마리도 둥근 달이 뜬 화왕산 자락을 배경으로 날아오른다.

　마을로 향하는 듯하다가 달 춤을 몇 차례 추고는 복원센터로 돌아간다. 아직 네 마리는 마을 잠자리로 돌아가기에는 참매 사건으로 상처가 기억 속에 남아 있는 것 같다. 조만간 마을에 잘 안착하여 내년 봄에는 둥지를 트고, 새 생명을 탄생하기를 달님께 기도한다.

11월 첫날

　마을에 따오기 열세 마리가 되돌아왔다.

　오전에 가랑비가 내리고 늪 안은 고요하고 평화롭다. 낮에는 철원에서 따오기를 보러 온 스님 일행과 따오기복원센터와 사초군락지를 걸었

다. 올 때마다 이분들은 우포늪의 뛰어난 자연성과 보전, 종 복원 과정을 부러워하며 철원이 두루미류의 성지가 되기를 바란다고 한다. 따오기를 기르는 논이 있는 복원센터 안에서는 야생 따오기가 먹이 활동하는 것을 보지 못하고, 먼 길을 걸어 따오기가 마을로 돌아오는 시간에 맞추어 늘 쉼터로 이용하는 큰 소나무 가지를 찾아 걸었다. 오후 4시 30분쯤 도착하여 마을로 날아드는 따오기들을 기다렸다. 마침내 오후 5시 18분경 아홉 마리 따오기 한 무리가 힘찬 날갯짓을 하며 낮게 비행하여 쉼터에 안착한다.

잠시 후 네 마리도 되돌아가지 않고 소나무 가지에 멋지게 앉는다. 순간 나는 속으로 탄성을 질렀다. 드디어 참매 공격에 대한 트라우마를 극복한 것 같다. 고맙고 감사하다.

 우리 곁으로 돌아온 따오기

오늘도 따오기는 야생에서 진화한다

2020.11.27.

11월 3일~10일

2~3일 간격으로 산허리와 마을에서 따오기들이 무리 지어 행동하는 모습을 관찰하고 있다. 마을 앞 잠자리로 이용하는 소나무 가지에 앉아 깃털을 다듬고 있는 따오기의 모습을 살펴보는 순간은 행복하다. 그런데 어느날 갑자기 따오기들이 일제히 쉼터에서 날아오른다. 참매 한 마리가 따오기 쉼터 앞에 나타나자 재빨리 무리 지어 도망가는 것이다. 참매는 무리 중에서 뒤처진 두 마리 뒤를 부지런히 쫓아 갔지만 사냥에 실패하

고 말았다.

도망 간 따오기들은 복원센터로 돌아갔다가 오후 5시 20분 다시 잠자리로 돌아온다.

따오기 관찰일기를 쓰고 있는 저로서는 매우 긴장했던 순간이었다. 왜냐면 이미 10여 일 전에 참매에게 쫓긴 따오기들이 마을 쉼터로 돌아오는 데 3일이나 걸렸던 것을 관찰했기 때문이다. 최초로 참매의 공격을 받은 때에는 며칠 만에 겨우 마을로 돌아왔다. 두 번째로 참매 공격을 받은 날에는 잠시 센터로 돌아갔다가 10분 후에 마을 잠자리로 돌아와서 안도의 숨을 쉬게 했다. 오늘은 다행히 쫓겨 갔던 따오기들이 바로 쉼터로 돌아왔다. 야생 따오기들도 스스로 주위의 위험한 환경을 극복해 가는 과정으로 보여 다행이라 생각된다.

11월 16일~23일

마을 주민으로부터 최근 참매 등 맹금류 네 마리가 나타나면서 따오기가 마을 잠자리로 돌아오지 않는다는 이야기를 전해 들었다. 그래서 따오기의 움직임을 센터 맞은편 산에서 관찰했다. 3~4일 관찰한 결과 주민들 이야기처럼 평소 마을에 들어가는 시간에 따오기들이 잠자리로 바로 돌아가지 않고 있다. 센터 근처 나뭇가지에서 어둠이 내릴 때까지 기다리는 것이다. 오늘도 행동을 살피기 위해 먼발치에서 쌍안경으로 관찰한다. 평소 오후 5시경이면 마을 잠자리로 바로 돌아가는 시간에 마을로 직행하지 않고 늪을 가로지르며 이리저리 방황하는 모습이 눈에 들어온다.

며칠 전 복원센터 맞은편 산에서 본 모습과는 전혀 다른 양상이다. 오늘도 나무가지에 잠시 앉았다가 어둠이 완전히 내린 뒤에야 잠자리로 떠나는 모습을 울음소리로 짐작할 뿐이다. 다음날 따오기의 잠자리와 마주 보는 곳에 집이 있는 주민에게 어둠이 내려야 따오기가 잠자리로 돌

아오기 때문에 보지 못했던 것이라고 말해 주었다. 그리고 이른 아침에 먹이터로 나가는 따오기를 관찰해 달라고 부탁했다.

가을철에 접어들면서 예측하지 못한 참매와 말똥가리 등 맹금류들이 자주 출몰하면서 따오기들도 비상 상태이다. 다행히 야생에 나온 어린 따오기들이지만, 그들만의 생존 전략으로 복원센터 근처에서 어둠이 내리는 시간까지 대기하다가 참매 등 맹금류들이 공격할 여지를 주지 않는 생존의 지혜를 스스로 터득해 가는 행동에 긴장감을 더하여 기쁨도 함께한다.

마을 주민들도 13마리 따오기가 무리를 이루어 마을에 안착하고 또 내년 자연부화 성공을 기대하기 때문에 마음 졸여가며 따오기들이 무사히 생존하기를 응원하고 있다.

우포늪 따오기
처음으로 야생 번식에 성공하다!
2021.06.04.

3월 15일~31일 따오기 새끼 부화와 따오기 먹이활동

야생 따오기가 우포 주변 마을에서 지난 3월 15일 둥지를 짓고, 3월 27일과 29일, 31일에 모두 세 개의 알을 낳았다. 이후, 두 마리 새끼를 기르는 모습을 복원센터가 5월 3일 공개하였다. 부화에 성공한 따오기는 2019년 방사됐던 사십 마리 중 암수 한 쌍이다. 이어서 인근 마을에서 새끼 따오기 한 마리를 기르는 모습이 관찰되면서 둥지 두 곳에서 세 마리 새끼가 육추되고 있다.

따오기가 새끼를 기를 때는 매우 조심스럽게 행동한다

지금 우포늪 주변에는 따오기들의 울음소리가 뚝 끊겼다. 두 곳에서 지난 3월 하순 자연부화를 거쳐 새끼를 기르는 시간이다. 그래서 먹이를 찾을 때도 낮게 비행하며 둥지로 향하는 행동도 매우 조심스럽다. 2019년 처음 야생으로 나온 따오기들은 천하태평이었다. 사람을 전혀 무서워하지 않았다. 그러나 최근에는 사람에게 예민한 백로나 왜가리가 날아오르면 따오기도 잽싸게 날아오르면서 주변의 친구들에게서 경계심을 배운다. 실제로 방사된 따오기 중에서 57Y를 제외한 나머지 따오기들은

다른 새들처럼 사람들과의 거리를 지키는 것으로 보인다. 아마도 다른 새들과 어울리면서 학습을 해나가는 과정인 듯하다.

따오기는 논에서 먹이를 구한다

2005년, 처음 중국에 갔을 때, 양현 따오기보호센터 근처 마을 사람들은 "한 번 둥지를 틀면 해마다 그곳에 집을 짓는다. 새끼에게 먹이를 공급하기 위해 아빠 따오기가 고생을 많이 하고, 그래도 부족하면 어미가 나서기도 한다"라고 말했다 또한 유기농으로 경작되는 논의 써레질하는 농부 옆에서 먹이를 찾는다며 농부가 차려놓은 상찬을 먹는 따오기는 사람과 매우 가까운 새라고 했다. 우포에서도 그 말은 사실이었다.

실제로 옥천 마을에서는 농부들이 모내기를 준비하기 위하여 땅을 뒤집는 곳과 모내기하는 곳에서 이앙기를 따라다니면서 먹이활동을 하는 모습이 촬영되기도 했다.

5월 9일 따오기 생태 논

5월 9일 옥천리 주민들과 람사르환경재단, 낙동강유역환경청이 공동 주관하는 따오기를 기르는 논 모내기가 있었다. 도심의 어린이들과 마을 주민들이 야생 따오기 먹이터를 만들어주는 아름다운 시간이었다. 따오기 논이 만들어진 다음날 아침 마을 이장이 따오기와 왜가리 다섯 마리가 먹이활동 하러 왔다고 알려왔다. 이처럼 따오기들이 산란하고 있는 곳에 먹이터를 만들어 주면 멀리 복원센터 먹이터를 방문하지 않고도, 가까운 곳에서 먹이를 구할 수 있어서 자연부화에서 성공률은 높아질 수밖에 없다.

6월 4일 날갯짓 연습하는 따오기

　지난 3월 26일 첫 부화한 야생 따오기 두 마리는 잘 자라고 있다. 주민과 복원센터, 감시원 등이 가끔 전해주는 소식만 듣다가 오늘은 이소 준비를 하는 현장에 들렀다. 지금까지는 센터와 주민의 협력으로 순조롭게 잘 자라고 있다.

　오늘 새끼 두 마리는 소나무 가지에서 아기 걸음 옮기듯이 조심스럽게 걸음마 연습을 한다. 제법 날개 펴기를 가끔 하면서, 뒤뚱뒤뚱하며 걷는다. 나뭇가지를 스스로 오르내리면서 균형잡기 학습도 하고 있다.

　어미도 먹이를 주고는 맞은편 작년 둥지 근처에서 스스로 걸음마와 날갯짓 훈련을 지켜보고 있다. 가끔 어미는 건너편 숲에서 따옥따옥 울음소리를 내며 새끼들에게 심리적 안정감을 주는 듯하다.

　새끼들이 이소할 때를 대비해서 복원센터에서 노랑 발찌 표식을 달아준 것도 눈에 들어온다. 어미는 논에서 먹이도 물어오고, 새끼들은 어미 입안을 향하여 밥 달라고 보챈다. 그 모습이 티비에서 보는 다른 야생의 새끼들 행동과 다를 바 없다. 사실 나는 새들 둥지를 보지 않는다. 멀리서 쌍안경으로 관찰할 뿐이다. 이렇게 하는 까닭은 사람 냄새와 흔적으로 천적으로 인한 피해를 막기 위함이다. 알을 품고, 새끼를 기르는 동안 지나치게 가까운 거리에서 사진을 찍거나 지켜보는 행동은 자제하는 것이 좋다.

　조만간 자연으로 나갈 어린 새끼들을 위하여 정부와 지자체에 제안한 야생동식물 서식지 복원과 확대로 이들이 사람과 편하게 어울려 살아가도록 더 애써야겠다.

우포 야생 따오기의 첫 날갯짓!
2021.07.30.

2021년 6월 9일 오전 6시 30분
우포 야생 따오기가 첫 날갯짓을 하였다

창녕군 이방면 모곡마을 소나무둥지에서 번식한 따오기가 6월 9일, 오전 6시 30분경 첫 날갯짓을 하였다. 새끼 따오기 두 마리 발에 부착된 노란 개체 인식표 70Y와 71X는 등에 위치 추적기를 달고 세상으로 나온 것이다. 판문점에서 79년 마지막으로 기록된 이후 사라진 따오기 복원사업을 위해 중국 양현에서 2008년 한 쌍을 들여왔다. 2019년 처음으로 사십 마리를 자연으로 보낸 후, 3년 만에 야생 번식에 성공한 두 마리가 날갯짓을 한 셈이다. 주민들은 한 마리는 첫날부터 마을 주변을 어미 따라 자유비행을 했지만, 한 마리는 둘째 날에야 둥지 근처를 비행하기 시작했다고 말한다. 첫날부터 비행한 71X는 6월 10일 오전에 둥지 맞은편 밭에서 어미의 보호 아래 먹이활동을 스스로 하는 모습이 확인되기도 하였다.

2021년 6월 28일 아침. 아기 따오기의 먹이활동

스스로 논 습지에서 먹이 찾는 아기 따오기를 처음 관찰한다. 6월 28

일 아침, 모곡마을 앞 모내기 한 논에서 야생따오기 새끼 두 마리가 처음으로 먹이를 스스로 찾아 먹는 모습에 너무 기뻤다. 아침 6시에 어미가 데리고 나온 새끼 따오기가 모내기한 논에서 아직 미꾸라지 같은 먹이는 못 먹지만 작은 물벌레와 논둑에 곤충 등을 하루종일 먹이활동을 하는 것을 관찰했다. 43년 전에야 당연한 먹이활동이었겠지만. 야생으로 나간 따오기가 처음으로 먹이 활동하는 모습을 카메라에 담으면서 손이 떨렸다. 행복하고 고마운 시간이었다.

2021년 7월 15일 왜가리, 백로 텃세 속에서도 한 아기 따오기

7월 15일 오후, 새끼따오기 두 마리가 복원센터 안에서 먹이활동을 하고 있다. 그동안 모곡마을 앞 논에서 성조 다섯 마리와 새끼 두 마리가 먹이활동을 해오다가 논에 농약을 살포하기 시작하자, 따오기들이 일제

히 따오기복원센터 안 먹이터에서 먹이활동을 하는 것으로 확인되었다.
새끼들도 어미를 따라 복원센터로 온 것으로 보인다. 새끼 따오기 두 마
리의 먹이활동이 흥미롭다. 2년 전 처음 세상에 나온 어미들처럼 논에서
먹이활동을 하다가 백로나 왜가리에게 먹이터에서 종종 쫓겨 나오는 모
습은 비슷하다. 차이점은 어미들은 2년 정도 복원센터 안 새장에서 자라
서 세상으로 나왔지만, 두 마리 새끼들은 자연 부화한 4개월 정도의 생
명체이다. 그래서인지 잠시 후에는 또 아랑곳하지 않고 논으로 들어간다.
몇 번을 그렇게 쫓겨 다니면서도 또 태연하게 다시 들어가 논가를 부리
로 쑤시거나, 풀잎 사이를 뒤적이면서 작은 곤충과 물고기, 논고동 등을
찾아내는 것 같다. 두 시간 동안 새끼들의 움직임을 관찰해 보니 먹이활

동을 하는 부지런함이 백로나 왜가리보다 뛰어나다. 낮 기온이 34도까지 오르는 시간에 대부분의 왜가리와 백로들은 입을 벌리고 헥헥거리며 멈추어 있는데도 새끼 따오기는 지치지 않고 먹이활동을 한다.

　그래! 세상에 처음 나와 스스로 살아가는 모습을 응원한다. 마음 같아서는 잠자리는 어디서 하는지를 마지막까지 지켜보고 싶었지만, 무더운 날씨 탓에 발걸음을 돌린다.

4부

우포늪 생명길 지도

우포늪 생명길 지도

생태체험장

사지포(모래벌)

버들 군락

물옥잠

가시연꽃

제방

사지포제방

버들 군락

우포(소벌)

대대제방

군락

제1관찰대

대

우포늪 생태관

범례	
▬▬▬ 습지 보호 구역	▬▬▬ 출입 제한 구역:사초 군락 등 4개 지구
▬▬▬ 출입 금지 구역:우포늪 4개 습지 (사지포, 우포, 목포, 쪽지벌) (천연 보호 구역 제 524호)	▬▬▬ 우포늪 생명길(둘레길)
	●●●● 자전거 길

목포
(나무벌)

사지포
(모래벌)

우포(소벌)

● 제1관찰대
○ 이태리포플러 길

쪽지벌

1
우포늪생태관에서 늪 쪽으로 가면서
가장 먼저 만나는 이태리포플러 길

　우포늪에 들어서면 가장 먼저 이태리포플러가 줄지어 선 미루나무 길을 만나게 됩니다. 이곳 제1관찰대에서 새를 관찰하는데, 1년 동안 거의 매일 페이스북에 기록을 남기는 곳이기도 해요. 매일 아침 처음 도착하면, 이태리포플러 앞에서 반갑다고 인사를 합니다. 가만히 서서 보면 박새와 까치, 딱따구리 같은 새들이 미루나무를 중심으로 해서 움직이는 모습을 볼 수 있죠. 특히 까치가 둥지를 튼 곳이 두 군데 있는데, 암수가 2월쯤 되면 항상 집을 보수해서 다시 자식들을 낳고 벌레를 물어 와 키워서 자립하게 됩니다. 그다음에는 파랑새가 둥지를 훔쳐 자식을 낳고 기르는 장소로 이용하기도 합니다. 이때 터줏대감 노릇 하던 까치는 둥지

를 뺏기지 않으려고 파랑새와 싸워 보지만, 비행술이 뛰어난 파랑새에게 둥지를 내주고 맙니다.

그런데 이 버드나무는 서양 버드나무입니다. 30~40년 전에는 어른들이 이 나무를 키워서 내다 팔기도 했어요. 지금이야 잘 안 쓰지만, 옛날에는 성냥이나 이쑤시개를 만드는 데 썼거든요. 동네 어른들이 이 나무를 키워서 돈 만드는 재미로 살아오던 자리였죠. 이제는 베어 내지 않으니 이 나무가 살아남을 수 있었어요. 요즘은 돈이 안 되니까요. 그렇게 자라서 이제는 멋진 풍경이 되어, 다니는 사람들에게 마음 위로를 주고 있어요. 여기서 새소리를 들으면서 아름다운 하루를 시작하는 곳이라서 더없이 좋아요.

이곳을 사람들은 미루나무 길이라고 불러요. 미루나무 앞에는 새 관찰대가 있어요. 관찰대에 숨어서 새를 관찰해야 잘 볼 수 있어요. 몸을 노출하게 되면 새들이 경계하기 때문에 멀리 도망가거든요. 여기서 보면 오리 종류들을 잘 관찰할 수가 있어요. 특히 기러기 중에서 큰부리큰기러기라고 겨울을 나는 새들을 볼 수 있죠. 늪 주변에 있는 매자기와 마름 같은 식물의 뿌리나 열매를 즐겨 먹기 때문에, 가까이 와서 머리를 뻘 속에 깊이 박아 가지고 먹이를 찾는 모습을 볼 수 있어요. 그래서 우포늪을 생명이 살아 있는 평화의 동산이라고 부르나 봐요. 이곳을 우포늪 생명길을 걷는 출발점이라고 할 수 있어요.

목포
(나무벌)

사지포
(모래벌)

우포(소벌)

쪽지벌

●제1관찰대

제1 전망대

2

제1 전망대 가기 전 물억새 숲에서
바라보는 이태리포플러 뒤편

처음엔 미루나무에서 넓은 늪 쪽을 바라보았는데, 이번에는 조금 걷고
나서 미루나무를 바라보세요. 같은 미루나무라도 다른 장소에서 보니
느낌이 약간 다르죠? 처음 볼 때는 빌딩처럼 서 있는 느낌이었는데, 조금
떨어져서 보니 우리한테 기대는 듯한 느낌이 와요. 아침 해가 떠오르기
전, 붉은 기운이 나무를 통해서 내게 전달되는 느낌을 받기도 해요. 서
로 에너지를 교감하는 것이죠. 내가 저들을 보면서 에너지를 얻고, 이 나
무들을 사랑하는 마음으로 충만해서 기도하면 나무들이 그 기도에 응
답을 하죠. 오랫동안 쭉 이어져 왔어요. 서로 아낌없이 주는 마음의 경
제학이랄까요. 서로 재물을 나누지는 않아도, 나무 아래에서 다양한 생

우포늪 생명길 지도

각을 하면, 나무는 그에 응답을 하죠. 방금 날아오른 박새에게서도 느끼는 게 있어요. 이곳에서는 물질적인 것들은 내려놓고 그냥 아름다움을 느끼면, 나를 돌아보는 성찰이 가능하지 않을까 생각해요. 조금 더 나아가면 성찰에서 구체적인 실천 같은 것들을 생각해 보는 것이죠. 자연 속에서 자기들의 느낌과 치유 이런 것들을 통해서 즐거우면 그것으로 충분해요.

목포
(나무벌)

사지포
(모래벌)

우포(소벌)

쪽지벌

물억새 군락지

3
제1 전망대 전. 미루나무 뒤편을 바라보는
물억새 군락지에서 '너구리 놀이' 하는 곳

아이들이 우포에 오면 놀이를 많이 해요. 물억새 군락지에서는 '너구리 놀이'를 하라고 시키죠. 왜 너구리 놀이를 하냐면 여기가 야생동물들이 다니는 길이거든요. 엎드려서 기어 보거나 숲속에서 몸을 숨겨 보는 거예요. 우포늪은 자연놀이를 할 수 있는 최적의 장소예요. 이곳에 어린이들이나 가족들이 오면 무슨 새인지, 무슨 꽃인지 절대 가르쳐 주지 않아요. 새 이름이나 꽃 이름은 몰라도 돼요. 그냥 몸을 바싹 낮추어서 향을 맡아 보고, 스스로 꽃을 만져 보고, 꽃잎 뒤쪽도 만져 보는 거예요. 전부 느낌이 달라요. 사람들 피부가 다 다르듯이 말이죠. 그러고 나서 자기가 느낀 대로 꽃의 이름을 표현해 보라고 하면 수십 가지 꽃 이름이

나와요. 그게 자기가 보고 느낀 자기만의 꽃 이름인 거예요. 궁금하면 나중에 도서관에 가서 도감을 보고 확인을 하면 돼요. 그런데 도감 안에 있는 이름은 배움보다는 지식으로 필요한 거예요. 실제로 느끼고 손으로 만져 보고 쥐어 보는 것이 진짜 배움이고 깨달음이에요.

목포
(나무벌)

사지포
(모래벌)

우포(소벌)

쪽지벌

큰 왕버들

4
제1 전망대 막 지나면
오른쪽에 큰 왕버들이 눈에 들어오는 곳

두 번째로 만나는 나무는 왕버들이에요. 좀 오래됐고 잘생기기도 했지만, 이 왕버들의 특징은 늪 안에 있는 모든 오염 물질들을 뿌리로 흡수한다는 거예요. 영양분으로 바꾸어 내죠. 그리고 이 영양분을 통해서 풀이나 미생물이 붙어살게 해요. 그러면 이곳에 잉어나 붕어가 알을 낳고, 다시 그 새끼들이 작은 미생물들을 먹고 자라는 거예요. 그러니 이곳에 원앙이라든지 오리 종류들이 모이는 것이고요. 나무 위에는 까치, 까마귀, 파랑새, 직박구리 같은 종류들이 둥지를 틀죠. 저 왕버들 하나가 하는 일이 아주 여러 가지예요.

체험 활동을 하러 오는 아이들한테 이 왕버들이 하는 일 백 가지를

우포늪 생명길 지도

적어보라고 해요. 아이들이 한 가지씩 두 가지씩 이야기하다 보면 어느
새 백 가지가 나오는 거예요. 가지 끝의 푸른 순은 버들국수 같은 음식
을 만들 수 있고요. 뿌리 쪽에서는 많은 물고기들이 산란, 서식하고 겨
울이 되면 철새들이 뿌리 주변에 와서 많은 풀들과 열매들을 먹으면서
자라기도 해요.

　우포늪 왕버들 하나가 수많은 일들을 하죠. 뭇 생명을 품어 주어요.
그래서 이 왕버들을 어머니 나무라고 불러요. 왕버들 앞에서 늪을 쳐다
보면 어머니 품처럼 포근해져요. 우주 안에서 작은 새, 나무 하나하나가
다 소중하고, 늪은 모두를 성숙하게 하지만, 이 어머니 나무 앞에서 두
손 모으고, 한두 시간 있다 보면 굉장히 다양한 새들이나 야생동물들을
만날 수 있어요. 이곳이 도시로 치면 광장인 셈이에요. 야생동물들의 광
장 역할을 하죠. 그래서 늘 왕버들을 보면 어릴 때 우리 어머니 모습이
느껴져요. 언제든지 뭘 주기만 하는 어머니. 이곳에서는 아주 많은 일들
이 일어나죠. 붉은 물안개도 그렇고, 노을을 따라 백로가 먹이 잡는 모
습을 볼 수도 있어요. 대단해요.

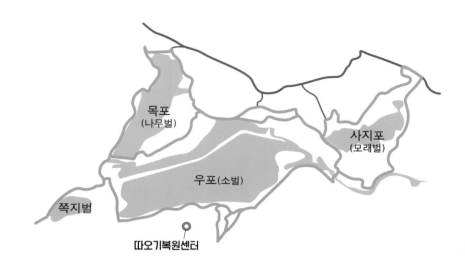

목포
(나무벌)

사지포
(모래벌)

우포(소벌)

쪽지벌

따오기복원센터

5
따오기복원센터 앞
100m의 아름다운 자연 조경 길

여기는 버드나무하고 미루나무, 뽕나무가 섞여서 길을 만들었어요, 이 길은 자연적인 거예요. 누가 심은 게 아니에요. 이런 게 바로 자연 조경이죠. 버드나무, 뽕나무, 미루나무는 물가에서 잘 자라는 식물들이에요.

늪 안쪽을 보세요. 갈대들이 고개 숙이고 있죠. 벼도 그렇지만 저렇게 갈대나 열매도 차면 고개를 숙이잖아요. 많이 갖고 있을수록 자기를 성찰하고 느끼고 그래야 하는 거라고 이야기해 주네요.

미루나무들 군락지 길을 걷다 보면 굉장히 아름답구나 하는 느낌을 저절로 받아요. 늪 위에 떠 있는 오리, 건너편 늪에 펼쳐져 있는 버드나무들이 눈에 들어오면서 탄성이 나올 정도예요. 풍광이 굉장히 예뻐요.

262
263

우포늪 생명길 지도

특히 노을이 질 때 역광을 받으면 아름답다는 표현이 자연스럽게 이해가 될 거예요. 이 길을 지나가면서 잠깐잠깐 느껴도 좋고요. 가만히 서서 몸 안으로 노을을 받아들여도 좋아요. 마음을 편안하게 해 줘요. 보이지 않는 이 긴 미루나무 길이 사람들에게 굉장한 영감을 준다는 게 좋아요.

　이 길을 영화인들이 참 좋아해요. 왜냐하면 이런 길들이 60~70년대까지는 있었는데, 경제 개발이 되면서 없어졌거든요. 우포의 자연미가 뛰어나니까 이곳에서 영화 촬영도 자주 했죠. 봄철에는 미루나무 사이에서 물소리 같은 걸 들을 수 있어요. 잉어, 붕어들이 산란하는 소리예요. 여기서 우포를 즐기는 색다른 방법 하나를 소개할게요. 버드나무를 통해서 자연을 보는 거예요. 버드나무를 잘 보세요. 버드나무 사이로 자연 창이 만들어지는 거 보이죠. 여기서는 갤러리에서 예술가의 작품을 보는 것처럼 자연의 작품을 보는 거예요. 사진을 한 장 찍어 보세요. 예쁘죠? 이런 것들은 어디 가서 만들 수가 없어요, 장담하건데.

6
기도하는 미루나무
-따오기센터 30m 앞

이 자리에는 두 종류의 나무가 있어요. 바로 앞에 보이는 나무는 이태리포플러예요. 다른 사람들이 아파하거나 힘들어하는 마음을 위로하기 위해 기도하는 나무예요. 좋은 분들이 힘들어할 때 기도를 드려요.

다른 하나는 기도하는 나무 옆의 왕버들이에요. 저 나무에는 굉장히 많은 새들의 둥지가 있어요. 원앙도 이 나무에 둥지를 틀고 있어요. 새들이 이 나무에 둥지를 튼 까닭은 수로가 있어서 저 나무로 사람이 접근 못 하기 때문이에요. 사람들 때문에 다른 나무에는 신경이 쓰여 둥지를 못 트는 거죠. 오래된 나무에는 또 딱따구리들의 먹이가 되는 벌레가 많아서 더 좋죠. 벌레가 사실은 아주 고단백이거든요. 사람들이 산에 올라

뿌리를 캐 먹듯이, 나무들이나 새들이나 야생동물들은 모두 이렇게 유기적인 관계인 거죠. 먹이 사슬이 아닌 거죠. 나무가 작은 물고기를 키우고, 작은 물고기가 큰 물고기를 키우고, 그런 식으로 미생물이 자라고 나무가 그늘을 만들고. 그래서 불교에서는 아마 '생명그물'이라고 하죠.

약육강식이라느니 포식자라느니 하는 건 실제로 보면 좀 옳지 않은 면이 있어요. 언뜻 보면 약자가 강자한테 먹히면 끝이라고 알기 쉬워 보여도 그 강자도 언제까지나 강자인 것은 아니고 죽어서 가장 작은 동물들의 먹이가 되는 거거든요. 결국 보면 순환하는 거예요. 대기가 그런 것처럼 자연에는 다 질서가 있죠.

매주 금요일에 대지초등학교 아이들과 우포늪을 공부해요. 아이들과 걸으면서 많은 걸 느끼고, 나누고 있어요. 이곳에서는 아이들에게 나무를 자세히 보라고 해요. 한번 자세히 들여다보세요. 나무 사이에 혹 같은 게 많이 있죠? 저게 다 벌레 집이에요. 벌레는 나무집 안에서 영양분을 먹고 자라 나중에 꽃들과 교류하고, 다시 나비와 곤충들의 자손이 뿌리내리는 거예요. 공생 관계가 자연의 핵심이라고 생각해요. 이 공생 관계 속에서 생명 평화라는 게 만들어지는 거죠. 늪 안쪽을 보면 쓰러져 넘어간 나무가 보일 거예요. 자세히 보면 구멍이 많이 나 있어요. 딱따구리들이 집을 짓고 살다가 쓰러진 거예요. 이 공간이 물속에서 썩어 분해되어서 물고기들의 먹이터가 되어 주죠. 이런 것들이 그물처럼 촘촘하게 얽혀 있어요. 신비롭기도 하고, 모든 게 가치 없는 게 없구나 하는 깨달음이 들기도 해요.

목포
(나무벌)

사지포
(모래벌)

우포(소벌)

쪽지벌

따오기복원센터

7
따오기복원센터 앞에서
-옛 둔터마을

　지금 이 자리는 마을로 들어가는 입구, 따오기복원센터가 있는 곳이에요. 귀 기울이면 따오기 소리를 들을 수 있어요. 처음 들어 볼 거예요. 소리가 아주 좋아요. 이 마을 이름을 둔터라고 해요. 둔이라는 거는 주둔한다는 뜻이에요. 임진왜란 때 곽재우 장군이 이곳에 병기와 쌀을 숨겨 놓았다고 해요. 낙동강과 토평천이 만나는 지점이기 때문에 전략적으로 중요한 지점이었지요. 화왕산성에서 군사를 쉬게 하고 조련해서 다시 낙동강으로 나가 전투를 하는 거죠. 일종의 게릴라전이죠. 우리는 화살을 가지고 있고 저쪽은 총을 쏘니까, 갈대숲 같은 곳에 숨어서 순식간에 적은 군사로 적을 교란해야 하는 거예요. 둔터는 무기를 보충하고 군사

들을 쉬게 할 수 있는 비밀 병기, 비밀스러운 곳이었어요.

　이 마을이 임진왜란이 난 지 450년이 지나 국가적인 보물인 사라진 따오기를 복원해, 우리나라 전역에 날리기 위한 노력을 하고 있죠. 임진 왜란이라는 큰 전쟁 속에서 곽재우 장군이라는 흔적이 남아 있는 곳이 이제 많은 세월이 흘러서 지금은 생명 평화의 공간이 되었다는 것에 큰 의미를 갖고 있어요. 단순히 우포가 아름답고 물안개가 있고 오리들이 있고 풍경이 좋기만 한 것이 아니에요. 우포에는 선조들의 삶의 지혜, 역사의 흔적들이 고스란히 살아 있기 때문에 가치가 있는 것이죠. 이런 깊은 뜻을 가슴에 품고 따오기 복원을 한 거예요.

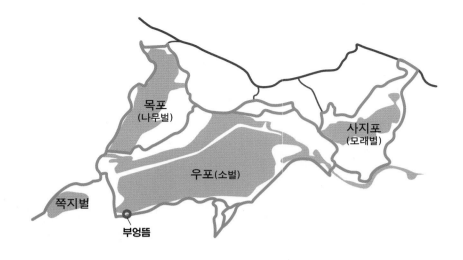

목포
(나무벌)

사지포
(모래벌)

우포(소벌)

쪽지벌

부엉뜸

8

부엉뜸 앞에서
─수리부엉이가 사는 곳

수리부엉이를 볼 수 있을까요. 수리부엉이는 이곳 바위 절벽에서 둥지를 틀고 자식들을 길러요. 늪에는 오리들이 많이 있기 때문에 먹잇감이 풍부한 거죠. 수리부엉이가 있는 장소는 항상 깎아지른 듯한 절벽 사이, 사람들이 올라가기 힘든 곳이에요. 수리부엉이는 밤에 주로 사냥을 해요.

그런데 박새가 보이네요. 어미가 여기 있는 걸 보니까 자식들을 기르고 있을 거예요. 어미가 밖으로 나가는 것은 사람의 눈을 쏠리게 하는 거예요. 자식을 지키기 위한 전술이죠. 이곳이 수리부엉이의 시야 안에 있는 공간인데, 조그마한 박새가 대담하게 둥지를 튼 거예요. 신비롭고

경외감이 드네요. 야생에서 먹이를 구하고, 살아가는 모습을 보면서 자존감 같은 것을 느끼고 배우게 돼요.

수리부엉이는 사냥할 때도 굉장히 조심스러워요. 바로 날아가서 오리를 잡을 것 같은데 그러지 않아요. 위에서 보고 있다가 어두워지면 낮은 곳에 몸을 굉장히 낮추고 기다리다 살아 있는 것들만 잡아요. 소위 생명 그물이 그대로 살아 있는 거죠. 굉장히들 민감해요. 새도 그렇지만 잉어나 붕어도 낯선 움직임을 민감하게 감지하는 것은 마찬가지예요. 수면 아래로 순식간에 사라지고 말아요.

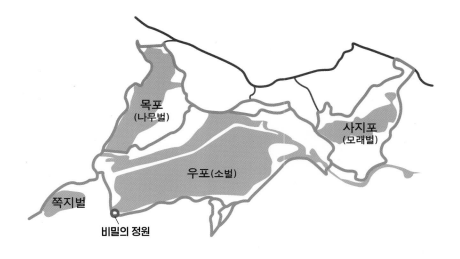

목포
(나무벌)

사지포
(모래벌)

우포(소벌)

쪽지벌

비밀의 정원

9
비밀의 정원에서
─작은 연못을 바라보면서 명상하는 곳

여기가 비밀의 정원이에요. 이 이름은 20년 전에 붙었어요. 왜 비밀의
정원인지는 와 보면 알아요.

프랑스 남부에 틱낫한 스님이 베트남 전쟁 때 도피해 온 보트 피플을
데리고 정착을 한 불교 성지 프럼빌리지가 있어요. 그곳에 작은 연못이
하나 있어요. 사람이 방문하면 그 연못을 몇 차례 걷는 수행을 하는 거
예요. 걸으면서 마음의 안정과 평화를 얻고 난 뒤 법당에 들어가는 거
죠. 폐허가 된 시골 마을 하나를 통째로 사서 자두나무도 심고 가꾸어
서 일종의 공동체를 만들어 놓은 곳이에요. 종교적인 의미가 있지만 자
연 속에서 많은 사람들이 스스로를 정화하고 치유하는 공간이에요.

우포늪은 그곳에 견주어서 훨씬 뛰어난 공간이에요. 무엇보다도 아름답죠. 이 작은 연못 안에는 모든 생명들이 다 살아 있어요. 이곳에 와서 한 세 바퀴쯤 천천히 걷고 자리에 앉아, 편하게 있으면 돼요. 도시에서 상처받고 힘든 사람들이 오면 명상의 장소로써 큰 위안을 받을 거예요. 생태에 미적 요소가 가미되어 그냥 보는 것에서, 그리거나 노래를 부르거나 무엇을 만든다거나 생명의 움직임을 표현하거나 하는 다양한 활동으로 확장할 수 있어요. 이곳에 오면 그냥 자연스럽게 그렇게 되는 거예요.

이제 늪을 보고 사진을 찍어 볼까요. 물속에 우리 모습이 그림자로 그대로 드러나요. 실제로 이 수면 깊이가 얼마나 될 거 같나요? 이곳에 서 있는 나무 높이를 한번 보세요. 저 키 큰 나무가 최소 20미터는 될 거예요. 그 높은 20미터 나무의 모습을 전부 늪 속에 담고 있죠. 우리가 쉽게 1미터 2미터 이렇게 깊이를 말할 수 없는 거예요. 20미터를 물속에 다 담아내고 있으니 말이죠. 이런 것들을 우리는 뭐라고 설명을 해야 할까요. 생각과 마음으로만 표현할 수 있는 거 아닐까요. 과학으로 계량해서 이걸 다 표현할 수 없어요. 이 그림자가 얼마나 평화로운지 느껴 보세요. 거꾸로 늪의 품에 안긴다고 생각해 보세요. 하나의 생명체로서 나무 안에 들어가 있다는 느낌이 들 거예요. 이런 생각을 하면 이곳을 종교적 의미를 떠나 현재의 천국이고 삶의 낙원이라고 받아들일 수 있게 되지요.

목포
(나무벌)

사지포
(모래벌)

우포(소벌)

쪽지벌

사초 군락지

10
사초 군락지를 걸으며
-보호지역 지정 전에는 농민들이
양파와 마늘을 재배하던 곳

이곳은 사초 군락지예요. 괭이사초라고 하는데, 사초들 군락지를 보면 굉장히 폭신폭신해요. 그래서 사람들이 이곳을 딛고 걷기를 좋아하는데, 사실 여기가 새들이 알을 낳는 중요한 장소예요. 여기 보면 뭉텅뭉텅 작은 무덤 같은 게 보이죠? 이런 데를 야생동물들이 좋아해요. 사람들이 이 장소를 제대로 알지 못하니까 밟기도 하고 자칫하면 알을 깨기도 해요.

사초 군락지는 야생동물의 쉼터이기도 하지만, 이슬 같은 물을 머금고 있어 자연스럽게 토양을 촉촉하게 해 주는 중요한 기능을 하죠. 여기 있는 작은 풀 하나하나, 갈대나 물억새 하나하나가 습지를 유지하는 역할을 하기 때문에 어느 한 곳이라도 무너지면, 자연 그대로를 유지하기 어려워지는 거예요. 그래서 작은 풀 하나, 생명 하나, 곤충 하나라도 사라지면 안 되는 거죠.

섬에서 종 하나가 사라지고 나니까 다른 종들이 다 없어지더라는 얘기는 많이 들어 봤을 거예요. 생명그물이라는 게 그렇게 연결되어 있죠. 솔개나 맹금류가 독성에 오염되거나 먹이가 없어져서 사라져 버리는 것

도 같은 이치예요. 지금은 복원에 성공했지만, 따오기도 먹이가 농약이나 제초제에 오염돼 미꾸라지 같은 먹이가 사라지면서 멸종되고 만 것이죠. 여우, 늑대 이런 동물들도 80년대 초까지는 다 살아 있었어요. 80년대를 시작으로 해서 모든 종이 동시에 사라지게 되는 거예요. 먹이가 사라지니까 생명그물 자체가 무너지는 거예요.

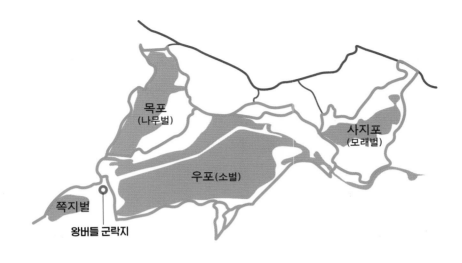

목포
(나무벌)

사지포
(모래벌)

우포(소벌)

쪽지벌

왕버들 군락지

11
징검다리 앞 왕버들 군락지

여기에는 일곱 그루 정도의 오래된 왕버들이 있어요. 이 왕버들하고는 정말로 소중한 추억이 있어요. 지금도 이곳에 올 때마다 20년 전의 뜨거운 열정이랄까 그때의 분노까지 다 떠오르죠. 이곳이 국가의 보호지역으로 지정되기 전에는 농민들이 마늘이나 양파, 보리 같은 걸 재배하는 곳이었어요. 겨울철에만 할 수 있죠. 여름은 홍수가 나서 벼농사를 못 하니까요. 그때 농민들이 이 왕버들을 베어 내려고 했어요. 왕버들 군락지가 아주 오래됐는데, 아름드리 나무들을 포클레인이나 톱을 가지고 잘라 내려 했죠. 내가 버드나무를 싸안고 버텼어요. 몸으로 막아 살려 놓은 거예요. 그 뒤에 보호지역이 되고 나서 국가가 사들여서 지금은 무척이나 아름답고 자연스럽죠.

사람들과 이곳에 오면 내가 노래를 들려줘요. '아웃 오브 아프리카'를 들어 주죠. 여기가 바로 꿈의 아프리카이니까요. 사람들이 아프리카를 동경하지만, 실제로 그곳에서는 마음대로 걷지도 못해요. 차를 타고 이동하거나 보호관이 동행해야 움직일 수 있죠. 하지만 우포늪은 자유롭게 걸으면서 즐길 수 있어요. 이곳이 야생동물이 가장 많이 출현하는 자리예요. 그래서 사람들이 오면 이 음악을 들려줘요. 여기 앉아서 잠시 생각도 하죠.

  같이 누워서 하늘을 보고, 새소리를 듣고, 음악도 들으면서 햇살을 쬐어 보세요. 자연의 세계에 들어가는 거예요. 여름에는 너무나 풀이 왕성하기 때문에 어렵지만, 봄부터 가을 겨울에는 날만 맑으면 언제든지 가능해요.

 우포늪 생명길 지도

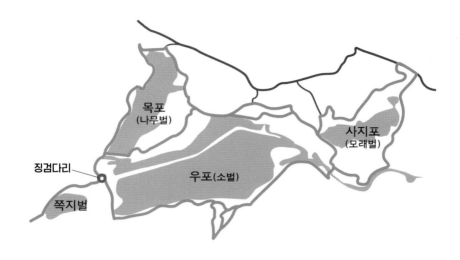

목포
(나무벌)

사지포
(모래벌)

징검다리

우포(소벌)

쪽지벌

12
징검다리

왕버들 군락지의 웅장한 모습을 마주하고 걷노라면, 잠수교에서 만난 작은 물소리가 이곳 징검다리에서는 시원하고 호쾌한 물소리로 변합니다. 잠수교는 도랑에서 만나는 정겨움이 있다면 징검다리에서 만나는 넓은 물줄기는 곧 큰 강을 만날 것이라 말하는 듯합니다. 실제로 이곳은 폭이 제법 넓은 자연 하천입니다. 사람들은 징검다리를 바라보며 잠시 휴식을 취하기도 해요. 또 이른 아침 풍광을 촬영하러 온 사진가들은 징검다리를 오가며 한쪽은 산허리에서, 한쪽은 사초 군락지를 지나 넓게 펼쳐진 늪 안을 바라보며 일출을 담아내기도 합니다.

그런데 이 징검다리 때문에 사람들과 제가 부딪히기도 합니다. 야생동물들이 밤사이 활동한 뒤 자고 있는 곳이고, 먹이 찾아 나서는 길목인

사초 군락지와 물억새, 갈대숲 등을 사람들이 징검다리를 건너 들어와 헤집고 다니며 쑥대밭을 만들어 놓기 때문입니다. 차라리 아침 햇살 가 득한 때, 징검다리에서 아래 위를 쳐다보며 왕버들 물그림자와 물안개 피 어나는 새벽 광경을 카메라에 담는다면 자연의 아름다움도 느끼고, 야 생동물도 지켜주는 고마운 일이 아닐까 싶네요.

우포늪 생명길 지도

왕버들 군락지

목포
(나무벌)

사지포
(모래벌)

우포(소벌)

쪽지벌

13
왕버들 군락지

　여기가 왕버들 군락지예요. 오래전부터 있다가 쓰러지고 다시 나고 하
면서 왕버들 군락지가 됐어요. 큰 나무들이 밀집해 있으니 딱따구리들이
가장 많이 둥지를 틀죠. 물론 원앙도 그러고요. 물가이니까요. 여기는 가
을이 되면 북쪽 시베리아나 몽골 쪽에서 온 새들이 가장 먼저 자리를 잡
아요. 사람이 못 들어가니까요. 앞쪽에 앉아 물풀이나 먹이를 먹고 쉼터
로 이용하다가 적응이 되면 넓은 쪽으로 나가 쉬기도 하는 거죠.
　처음 보전운동을 하러 들어왔을 때 여기를 보고 놀랐어요. 우리나라
에 이렇게 좋은 곳이 있구나 하고요. 4월 중순쯤 되면 새순이 돋아요. 그
러면 선버들이나 냇버들처럼 변할 거예요. 그렇게 되면 풍광이 더 좋아
지지요. 이곳에는 남생이라는 우리 토종 보호종이 유일하게 살고 있어요.

다른 야생동물도 많이 살아요. 초기 보전 운동을 할 때 사람들하고 이 군락지를 보며 참 많이 감동을 받았던 곳이지요.

목포
(나무벌)

소목마을 포구

사지포
(모래벌)

우포(소벌)

쪽지벌

14

물고기 잡는 마을의 작은 포구
-소목마을 어부들 밥벌이 수단인
전통 늪배, 이망배

여기는 이 늪에서 물고기를 잡는 마을의 포구, 배를 대는 곳이에요. 배는 일인용으로, 나무로 만든 작은 배예요. 그래서 여러 이름이 있는데 보통 장대를 저어서 가기 때문에 '장대배'라고 불러요. 동네 사람들은 '이망배'라고 하지요. 배 앞이 약간 들려 있어서 이마배라고 부르는 거예요. 그냥 '늪배'라고도 해요. 아주 오래전부터 이런 배를 직접 만들어 작은 수로를 따라 늪에 나가서 봄, 가을, 겨울마다 어업을 해 왔어요. 요즘에는 겨울에는 어업을 중단해요. 대신 국가가 4개월 동안 보상을 해주지요.

겨울에 철새들이 많이 오면 우포라든지 사지포 같은 데는 새들의 공

간이기 때문에 보호를 해야 하는 거예요. 그러면 사람들이 철새를 보러 오고요. 오랫동안 우여곡절을 겪으며 노력한 결과예요. 2014년부터 해결 이 되어서 지금 시행이 되고 있지요. 새들과 야생동물에게는 좋은 장소 가 되었어요.

어민들은 이 배를 타고 옛날부터 물고기를 잡아 오던 전통 방식을 고 수하고 있죠. 가을에는 물고기가 꽤 많이 잡히기도 하죠. 한 열흘 정도 지나면 좀 줄어들고요. 예전에는 창녕군민뿐만 아니고 대구나 다른 곳에 서도 누구나 와서 낚시할 수 있었는데 보호 지역이 되고 나서는 소목마 을 어민들만 잡을 수 있게 했어요. 일종의 혜택을 준 셈이에요. 이제 열 가구 정도만 물고기를 잡기 때문에 어족 자원도 유지할 수 있게 됐어요. 물고기가 산란하고 자랄 수 있는 좋은 공간이 된 거예요. 어민들하고 늪 하고 어울려 살아가는 거죠.

이곳에 있는 배들은 하나하나 뜯어보면 보잘것없어요. 하지만 작은 배 자체가 우포늪과 살아온 어민들의 삶이고, 문화죠. 그림도 그리고 글도 써서 오랫동안 살아온 늪의 모습들, 전통적인 배들의 움직임과 어부들이 어떻게 자연생태와 어울려 사는가를 재창조하는 일이 중요하다 생각해 요. 이곳을 찾는 사람들도 예술적 감수성에 빠져들기도 하고요.

목포
(나무벌)

할아버지 나무

사지포
(모래벌)

우포(소벌)

쪽지벌

15
할아버지 나무

이 나무는 할아버지 나무예요. 마을 사람들은 사랑나무라고 부르기
도 해요. 우포를 방문한 손님들과 해가 질 무렵이면 항상 이곳에 와서
늪을 바라보면서 해넘이를 하는 곳이기도 해요. 또 할아버지 나무는 착
한 소원을 다 들어주시는 내게는 아주 특별한 나무예요. 처음 우포늪 보
존운동 할 때, 벌목을 막기 위해 나무를 껴안고 버틸 때도, 2008년 람사
르 총회를 유치할 때, 따오기가 국내에 들어오는 일이 있을 때마다 나무
할아버지한테 부탁을 드리고 기도를 드렸어요.

그래서 지금도 손님이 오면 착한 소원만 빌라고 해요. 개인의 소원이
아니라 사회에 기여할 수 있는, 말하자면 약자들 쪽에 설 수 있고, 자연
을 보존하고 지키는 소원들. 아이들은 굉장히 잘해요. 옆집에 사는 동요

를 만드시는 분이 노래도 만들었어요. 애니메이션 〈마당을 나온 암탉〉 마지막 장면에 이 나무가 선명하게 그려지기도 했고요.

예전에 노무현 대통령께서 퇴임하고 봉하마을로 내려온 뒤에 첫 휴가로 우포늪을 방문해서, 할아버지 나무 밑에 앉았던 기억이 나네요. 화포천이라는 습지를 청소하고 깨끗하게 해서 어릴 때 추억들을 되살리는 일을 열심히 하시던 때라 우포가 보고 싶었나 봐요. 여기 나무 밑에 앉아 가지고 마을 농민들, 주민들과 활동하는 걸 이야기를 했어요. 나는 보전운동을 했으니까 보전운동 과정과 이곳에서 하고 싶은 일들을 얘기했죠. 봉하마을과 화포천을 더 좋은 자연환경으로 가꾸려면 일본에 토요오카에서 황새를 복원하고 농업을 친환경적으로 만들어 가는 사례를 한번 보시면 좋겠다 말씀을 드렸어요. 그때 대통령께서 마을에 돌아가셔서 내가 드린 자료들을 검토하신 것 같아요. 두어 달 뒤엔가 봉하마을 댁에서 차를 마시면서 토요오카 갈 준비를 하자 이런 이야기를 하셨는데, 얼마 뒤에 불행하게 돌아가셔서 무척 안타까웠어요. 그래서 지금도 이 나무에 오면 그때 생각이 나요.

소원을 비는 행위는 마음에 있는 이야기를 할아버지한테 고백하는 것이기도 해요. 할아버지는 항상 위에서 내려다보기도 하고. 아무래도 할아버지 나이가 많으니까요. 위로받고, 간절하게 소원한다는 이야기는 들여다보는 것뿐만이 아니라 결정하고 책임지는 경로이기도 해요. 옳은 길이면 다 지고 뚜벅뚜벅 가는 거죠. 그래서 항상 할아버지 특유의 넓고 포근한 품에서 마음을 다잡아요.

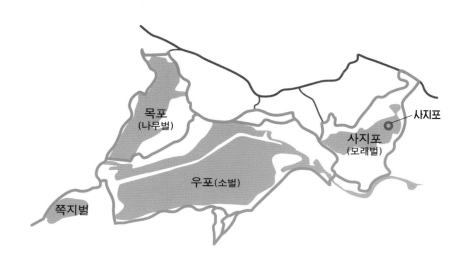

목포
(나무벌)

사지포

사지포
(모래벌)

우포(소벌)

쪽지벌

16
사지포

　여기가 사지포예요. 이곳에 서서 뒤를 보면 미루나무들이 아주 많이
서 있죠. 겨울이면 늘 사지포 쪽으로 해가 지기 때문에 사지포는 새들의
잠자리가 돼요. 많은 고니나 기러기, 오리들이 해가 넘어갈 때쯤 되면 잠
자러 들어와요. 고니가 600마리, 기러기가 수천 마리, 오리들까지 만 마
리 가까운 새들이 여기에 와서 잠을 자고 아침이 되면 우포늪 쪽으로 먹
이 활동을 하러 날아가요. 사지포는 모래가 많아서 모래벌이라 해요. 우
포늪을 다른 말로 소벌이라 하고요. 사지포에서 우포늪으로 왔다 갔다
하면서 먹이를 먹는 거예요.
　해 질 때가 되면 매일 이곳을 찾아와요. 여기서 새들이 어떻게 와서
쉬는지, 사람들이 방해는 안 하는지 지켜보죠. 내가 이곳에 올 때에 유

292

우포늪 생명길 지도

일하게 같이 오는 사람이 한 분 있어요. 사진을 찍는 작가예요. 그분은
늘 여기 와서 사진을 찍어 새들의 움직임을 표현하고, 나는 감시원들이
퇴근을 하고 난 저녁 시간에 무슨 일이 있지 않을까 해서 지켜보며 기록
하는 거예요.

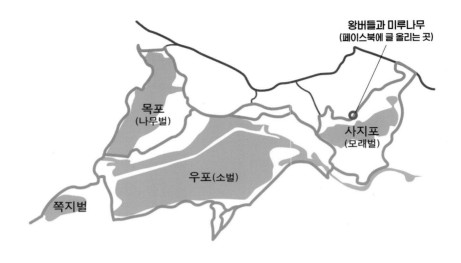

왕버들과 미루나무
(페이스북에 글 올리는 곳)

목포
(나무벌)

사지포
(모래벌)

우포(소벌)

쪽지벌

17
매일 페이스북에 글 올리는 장소

매일 페이스북에 글을 올리는 장소예요. 해 질 때쯤 되면 두 그루의 나무가 등장해요. 하나는 왕버들이고요. 하나는 미루나무 혹은 이태리포플러라고 해요. 이태리포플러는 미루나무와 양버들 두 나무가 교잡으로 생겨난 건데, 그냥 편하게 미루나무라 부르기도 하죠. 이름이 예쁘고 익숙하니까요.

왕버들을 보면 늘 춤을 추는 모습이에요. 우리나라는 바람이 세기 때문에 오랫동안 바람을 맞은 나무는 둥그스름하게 원형으로 몸을 가꾸어요. 그래야 바람을 잘 피하고, 때로는 춤추듯 휘청휘청하는 거죠. 미세하게 잎들이나 가지들이 따로 놀아요. 저 나무를 보면 우리나라의 전통 아리랑이 배어 있는 춤사위가 느껴져요. 나무 하나에도 우리의 역사나 문

 우포늪 생명길 지도

화가 담겨 있는 거겠죠.

반면에 오른쪽 미루나무는 자꾸 키가 쑥쑥 커 가지고, 위에서 크게 움직이죠. 나무 전체가 움직이는 거예요. 그래서 적응이 잘 안 되기 때문에, 큰 바람이나 홍수가 오면 다 넘어가고 말아요. 적응이 잘된 것만 살아남는 거예요. 뿌리가 직선이기 때문에 태풍이 오면 넘어가요. 왕버들은 뿌리를 자기 모습대로 옆으로 쭉 펴서 내리기 때문에 안 넘어가죠. 대부분 우리 나무들은 태풍에 적응하고 버텨야 하니까 나무들이 가지를 휘청휘청 휘날리는 거예요. 서양 쪽에는 태풍 같은 건 별로 없으니까 나무들이 곧게 자라는 거고요.

늘 해넘이 할 때 이 자리에 와서 많은 생각을 해요. 다른 데도 왕버들이 있죠. 걔들은 출발할 때 만나고, 이 왕버들은 해 질 때 만나는 거예요. 둘 다 굉장히 아름답지요. 그런데 이곳 나무가 잎이 빨리 자라요. 이곳이 햇살이 더 좋아서 그렇겠죠. 사람 사는 것도 마찬가지잖아요. 어쨌든 페이스북에 늘 등장하는 두 그루의 나무가 사람들에게는 공감을 주는가 봐요. 노을 질 때 여기 들어오면 두 손 모으고 자기를 돌아보고 감동하는 장소예요.

고니가 모여 있는 백조의 호수에 노을이 지면 고니가 황금 기러기가 돼요. 고니는 흰색이인데 노을 밑에 있으면 황금색으로 변해 정말 아름다워요. 이런 시간들이 우포늪의 본질이지요. 사람하고 자연하고 공생하는 시간에 자기를 돌아보면서 정리도 하고 마음의 위로를 받고, 나는 어떻게 살아야겠다 생각을 하고 그러고 떠나는 거죠. 그런 장소예요.

버들국수

목포
(나무벌)

사지포
(모래벌)

우포(소벌)

쪽지벌

18
버들국수 가는 길

　갈대와 억새가 부딪히면서 소리를 내잖아요. 겨울 같은 때는 핏빛 울음소리를 내요. 특히 노을 지거나 어둠이 내릴 때, 게다가 바람이 불면 상상이 되나요? 이 숲속에는 다양한 산새들이 살고 있어요. 덤불을 이용해서 움직이는 거예요. 그래서 갈대랑 물억새가 내는 소리도 좋지만 새들이 내는 소리에 즐거움이 더해져요. 그 대표적인 새가 뱁새예요. 옛날 속담에 '뱁새가 황새 따라가다 가랑이가 찢어진다'는 그 뱁새가 아주 많아요. 뱁새를 도감 식으로는 붉은머리오목눈이라고. 붉은 밤색 머리에 오목한 눈이 있는 새인데, 참새 같아요. 우리나라 특산종인데, 일본 사람들이 오면 굉장히 그 새를 좋아해요. 이 새들은 덤불 사이로만 날아다녀요. 갈대나 억새 같은 덤불에 집도 짓고요.

사람들이 이 길을 걸으면, 재미있게도 뱁새가 따라서 막 지나다녀요. 가만히 있으면 아무도 모를 텐데 말이죠. 소리를 내면서 따라다니다 어느 시기가 되면 집으로 돌아가고요. 이 안에는 수를 셀 수 없을 만큼 많은 뱁새들이 있어요. 우리가 새 소리, 갈대와 억새 소리, 바람의 방향 같은 것들을 몸으로 느끼다 보면, 이게 글로 나오기도 하고, 그림이 되기도 하고, 또 누구는 작곡을 하기도 해요.

이곳은 열린 공간이니까, 끊임없이 소리를 듣고 바람을 느끼고 햇살을 받고 그리고 대화를 하면서 상상력이 풍부해지니까 가능하다 싶어요. 이 길은 혼자서 걸어도 좋고 가족끼리 걸어도 좋아요. 여기서는 우리가 말하는 행복맞이를 할 수밖에 없어요. 사진을 좋아하면 물억새 사이에 렌즈를 가까이 대 보세요. 바람에 흔들릴 때마다 햇살 사이로 색이 변하는 걸 느낄 수 있을 거예요. 바람이나 새들이 이동하면서 만들어 놓는 선들을 가만히 들여다보세요.

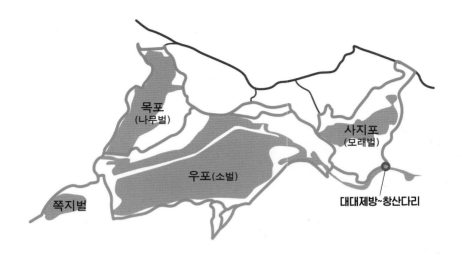

목포
(나무벌)

사지포
(모래벌)

우포(소벌)

쪽지벌

대대제방~창산다리

19
대대제방에서 창산다리까지의 봄

제방을 따라 걸으면 봄을 잘 느낄 수 있어요. 바람이 남쪽에서 불어요. 남풍이 불면 겨울이 갔다는 거예요. 북쪽에서 바람이 불면 겨울이 왔다는 거고요. 새들도 바람을 보고 다니죠. 다 자연의 섭리에 따르는 거죠. 사람들도 예전에는 겨울이면 농사를 접었잖아요. 이 길에 서서 보면 남풍이 부니까 갈대나 억새들이 비비는 소리, 봄 여름을 나기 위한 산새들 움직임, 거기에 버드나무들이 아름답게 흔들리며 춤추는 모습이 한눈에 들어와요. 그래서 사람들이 성스럽다는 표현을 해요.

우포늪은 봄이나 여름이 굉장히 좋지요. 하지만 나는 겨울이 더 좋다고 해요. 봄과 여름에 꽃과 열매를 왕성하게 맺어 놓으면 겨울에 시베리아에서 새들이 찾아와서 먹이를 먹고 편안하게 쉬다가 봄이 되면 또 떠

 우포늪 생명길 지도

나잖아요. 그게 좋은 거예요.

　그래도 사람들은 봄이나 여름을 좋아하죠. 그리고 이곳에 앉으면 무척 편해서 누워 잠자고 싶다고들 해요. 소음도 없고 새소리, 따뜻한 봄 햇살, 바람 소리가 가득하니까요. 매일 나오는 나도 같은 느낌이에요. 자연의 모습을 보면서 우리도 따라해 보는 거예요. 소리도 내고 흔들림도 보면서 내 마음속에 굉장히 깊은 공감이라든지 감동을 끌어내고, 그렇게 해서 다시 돌아가는 거지요.

20
잠수교

여름에 비가 많이 오면 이 낮은 시멘트 다리는 물에 잠기지요. 그래서 동네 사람들은 이 다리를 잠수교로 불러요. 이곳은 창녕을 상징하는 화왕산의 허리춤을 감고 내려오는 물이 우포늪을 만드는 입구에 해당한답니다. 늘, 아침 관찰 길에서 만나는 왜가리와 물총새들은 이곳의 터줏대감이기도 하고요. 이른 새벽에 제가 이곳을 지나가면 왜가리가 왝왝 소리를 지르며, 왜 쓸데없이 이른 시간에 남의 아침 식사를 방해하느냐고 소리를 지르는 것 같아요. 물총새도 잽싸게 물 따라 낮게 이동하면서 뭐라고 소리를 내면서 달아납니다.

어쩌면 오랜 시간, 사람과 야생동물 사이에는 긴장감이 있었는지도 모르지요. 먹이를 다투던 사이일 수도 있고요. 원시적 사람의 생활도 야생

 우포늪 생명길 지도

그 자체였지요. 그런데 요즘은 뉴욕이나 파리 시장이 시청 옥상에서 양봉을 합니다. 옛날 임금님이 선농단에서 농사를 직접 짓고 하늘에 제사를 올리는 것처럼 이젠 시장님이 시청 옥상에서 벌을 키우고 꿀을 땁니다.

왜 그럴까요? 물론 기후 변화와 생물 다양성 감소에 대비하기 위하여 사람이 여러 가지 조치를 취하는 과정이기도 하지요. 하지만 깊이 들여다보면 인간의 근본 속에는 산업화로 생긴 피로도가, 오래전부터 우리 몸속에 존재하던 DNA가 원시성을 되찾는 과정인지도 모릅니다.

사람들과 잠수교에 걸터앉아 물소리를 들으며 물 흐름을 보면서, 이곳에 살고 있는 말즘 같은 식물이 물 춤을 추는 것을 바라보기만 해도 저절로 미소가 지어지며 행복해지는 것입니다.

목포
(나무벌)

사지포
(모래벌)

우포(소벌)

쪽지벌

대대제방

21
대대제방

　이곳은 앞이 확 트여서 우포늪을 한눈에 볼 수 있는 곳이라, 사람들의 발길이 잦은 곳이지요. 이곳 제방은 일제 강점기에 '산미 증산' 정책에 맞추어 전국적으로 매립과 간척이 일어났던 시기인 1930년대에 쌓은 둑입니다. 물론 현재의 둑 높이보다는 훨씬 낮았겠지요. 왼쪽은 과거의 늪이 그대로 있고, 오른쪽은 54만 평(약 1785제곱미터)에 이르는 광활한 논이 만들어졌지요. 여의도 면적이 70만 평(2314제곱미터) 정도니까, 짐작이 가지요. 그래서 마을 이름도 대대(한터), 관동(두루미가 많았던 곳)이지요.

　예전에는 이곳도 우포늪에 포함된 곳으로, 독산이라고도 했어요. 이곳엔 용알(용의 눈)이라 불리는 야트막한 섬같이 생긴 저산을 중심으로 3

🦢 우포늪 생명길 지도

개의 물길이 있었다고 해요. 지금도 지하수를 얻기 위해 관정 작업을 하면 6~7미터 아래는 하얀 자갈이 보이더라고 동네 할아버지가 말씀해 주시더군요. 동쪽을 바라보고 있는 한터에는 임진왜란 때 의병들의 식량을 갈무리하는 방아 터가 있었대요. 지금의 따오기복원센터 자리인 둔터에는 무기를 숨겨 놓았고, 한터에는 방앗간이 있던 셈이지요.

어쩌면 곽재우 의병장이 낙동강에서 전투를 치열하게 한 뒤, 이곳 토평천(당시에는 물슬천)을 따라 우포늪의 묘한 지형을 잘 이용하여 무기와 식량을 조달하는 게릴라전의 명수다운 분이었을 것으로 상상이 갑니다. 이런 이야기를 들으며 대대제방 2km를 걷는다면 역사적 현장에서 생태적 감수성이 살아나는 멋진 발걸음이 되겠지요.

5부

야생의 길에서 맺은 인연

자연과 인간이 동반자로 함께 살아야

사진가 정봉채

　현대의 바쁜 도시 생활 속에서 우리는 점점 자연의 목소리를 듣지 못하게 되고, 그로 인해 자연과의 연결이 점차 끊어지고 있습니다. 그러나 한국에서 가장 오래된 습지로 알려진 우포늪은 잊혀져 가던 자연의 메시지를 되찾아주는 공간입니다. 이곳은 단순히 생태적 가치를 지닌 곳이 아니라, 인간과 자연의 근본적인 관계를 돌아보게 하는 장소입니다. 『야생동물의 품 우포늪』은 그런 우포늪의 철학적 의미와 생태적 아름다움을 생생히 그려내며, 독자들에게 깊은 영감을 선사하는 특별한 작품입니다.

　우포늪은 봄의 물안개 속 한 폭의 동양화 같은 풍경, 여름 수생식물의 생명력 넘치는 연못, 가을 억새밭의 황금빛 장관, 그리고 겨울 철새들의 장엄한 비행으로 변화하며, 마치 자연의 교향곡을 연주하듯 우리에게 생명의 힘을 보여줍니다. 이러한 풍경은 그저 아름다움을 넘어, 자연과 인간의 관계를 재정립할 기회를 제공합니다. 우리는 이 공간에서 자연의 순환과 공존을 깨닫고, 그것이 우리 삶에 어떤 의미를 가지는지 곰곰이 생각해 보게 됩니다.

　이 책의 저자 이인식 선생님은 단순히 자연을 기록하거나 관찰하는 데 그치지 않고, 환경운동가로서 자연을 보호하고 인간과 자연의 조화로운 공존을 모색하기 위해 평생을 헌신해 오셨습니다. 그는 우포늪의 생태계를 손바닥 위에 펼쳐보듯 깊이 이해하고 있으며, 이를 통해 늪이 지닌 생명의 이야기를 독자들에게 진솔하게 전달하고자 합니다. 그는 늪의 파수꾼으로서, 동식물들의 안위를 살피며 자연이 가진 본연의 가치를 지키는 데 힘쓰고 있습니다. 우포늪은 그의 열정과 노력 아래 인간과 자연의 이상적인 공존의 가능성을 제시하는 소중한 공간으로 남아 있습니다.

또한, 이인식 선생님의 사진과 에세이 작업은 자연에 대한 그의 깊은 이해와 애정을 고스란히 담아냅니다. 그의 카메라 렌즈를 통해 포착된 우포늪의 생생한 모습은 단순한 풍경 사진이 아니라, 자연과 교감하며 느낀 감동과 통찰이 깃든 작품입니다. 그의 사진과 에세이는 독자로 하여금 우포늪을 직접 거니는 듯한 경험을 선사하며, 늪 속에서 느껴지는 생명력과 자연의 숨결을 생생히 전달합니다.

『야생동물의 품 우포늪』은 자연과 인간의 관계를 탐구하며, 우리가 잊고 있던 자연과의 연결을 복원할 수 있는 길을 제시합니다. 이 책은 단순히 자연 보호를 강조하는 것을 넘어, 자연과 인간이 동반자로서 함께 살아가야 한다는 중요한 메시지를 전합니다. 자연은 우리의 삶의 근원이며, 그것을 잃는다는 것은 우리 존재의 본질을 잃는 것일지도 모릅니다. 이 책을 통해 독자들은 자연을 단순히 소비의 대상으로 보는 관점을 넘어, 함께 살아가야 할 동반자로 바라보는 새로운 시각을 가지게 될 것입니다.

환경 보호와 지속 가능한 미래에 대해 고민하는 이들에게, 그리고 자연의 본질을 이해하고자 하는 모든 이들에게 『야생동물의 품 우포늪』을 적극 추천합니다. 이 책은 이인식 선생님의 따뜻한 시선과 깊은 사유를 통해 독자들에게 자연과 공존하는 삶의 중요성을 일깨우며, 우리 마음 속에 오래도록 깊은 영감을 남길 것입니다.

우포늪을 사랑하는 모든 분들에게

사단법인 자연의벗 이사장 오창길

지구의 위기

지구는 45억 년 전에 태어났고 가장 오래된 생명체는 39~35억 년 전에 출현한 고 박테리아이다. 미생물이 지구에 등장한 뒤로 점점 많은 생물이 지구에 출현하게 되었다. 지구에 사는 것으로 확인된 생물은 현재 175만 종이지만 실제로는 1,000만 종 이상이 살고 있을 것으로 추정되고 있다. 특히 습지는 지구 전체 지표면적의 약 6%에 해당하는 지역이다. 이 습지에 지구상의 생물 중 약 2%가 생존해 있고 해양생물의 약 60%가 산란하거나 서식한다.

전문가들에 따르면 40년 동안 지구의 생물 다양성이 절반 아래로 감소했고 1970년부터 2010년 사이에 전 세계적으로 야생에 서식하는 육상 생물의 39퍼센트, 담수 생물의 81퍼센트, 해양생물의 36퍼센트가 사라졌다. 특히 한국의 생태계는 기후위기로 인해 주요 서식지 감소, 국가보호종 수 증가 등 생물다양성 악화가 점차 가속화되고 있다.

자연관찰로 인간의 삶 찾아내기

『야생동물의 품 우포늪』이 출간되었다. 『비밀의 정원 우포늪』이 나오고 10년이 훌쩍 넘었는데 저자는 여전히 늪을 지키고 있다. 2010년 우포늪자연학교라는 생태교육 터전을 본격적으로 운영하며 매일 걷고 호흡하며 우포와 하나가 되어가고 있다.

우포늪은 연초록 버드나무 빛깔이 봄날을 수놓고, 딱따구리와 수리부엉이와 박새, 뱁새, 오목눈이도 버드나무 새순과 함께 성장하는 장면을 기록하며 생태계의 원리와 이치를 배울 수 있는 생태교실이다.

저자는 매일 걷고 호흡하는 자연 관찰자에서 습지 파괴를 괴로워하고 해답을 찾는 문제 해결자가 되기도 하고, 늪에서 아이들과 생태 교육자로서 따오기를 관찰하며 자연과 인간이 하나 되는 길을 걷고 있다.

비밀의정원이라는 생태교과서

『야생동물의 품 우포늪』은 우포늪을 사랑하는 마음이 모여져서 기후위기와 서식지 파괴로 위기에 처해있는 습지에 대한 귀중한 내용을 정리한 생태 교과서이다.

이 책을 읽으면 저자가 우포늪에서 '생명'의 희망을 노래하는 모습을 줄곧 발견할 수 있다. 나는 30년간 후배로서 생태교육과 습지보전의 올바른 자리매김을 위해 한길로 달려가신 선생님을 따라 배우고 함께하며 늘 행복하고 희망을 느꼈다. 생태교육을 하려는 많은 분들이 이 책을 읽고 나와 같은 용기와 희망을 함께 만들어갈 수 있을 것이라 확신한다. 『야생동물의 품 우포늪』을 읽으면 독자들도 사라져가는 야생동식물과 습지에 대해서 관심을 갖는데 좋은 생태 교과서가 되리라 확신하며 적극 추천한다.

미하일 왜가리 할아버지

갱상도사람개구리 변영호

『야생동물의 품 우포늪』을 펼치는 순간 넓은 연잎에 툭툭툭 떨어지는 빗방울처럼 글이 구른다. 큰 연잎 중심 살에 맑게 모여 글 웅덩이가 스치는 바람결에 첨벙 쏟아지기 직전이다. 담백한 호모사피엔스의 서사지만, 책이 주는 여운은 어두운 밤하늘에 쏘아 올린 스타 포인터 빛줄기처럼 욕망의 세상을 휘젓고 있다.

인간이 아닌 호포사피엔스로 우포를 온몸으로 받아내며 걸러낸 긴 삶의 역사이기 때문일까, 마지막 '기운이 나네요'라는 문장이 '기운 내세요'라고 읽히며 모난 감정을 안아준다. 맞다, 우포는 인간을 안아주는 자연의 품이다.

『야생동물의 품 우포늪』은 보이는 소리가 가득하다. 얼어붙은 우포 가장자리에 모여 서로를 위로하는 큰고니들 합창, 큰기러기가 논바닥을 헤치며 풀뿌리를 뜯어내는 소리, 왕버들과 사초 잎자락에 머물고 있는 바람, 습지 가장 자리에 알을 낳은 붕어와 가물치의 물장구, 따오기가 미꾸라지를 찾으며 첨벙이는 바쁜 숨소리가 넘쳐 난다. 눈으로 들려주는 생태 사진들은 편안한 여백과 함께 있어 달달하다.

어두운 밤 홀로 길을 걸을 때 생존을 위해서 온몸의 감각들이 되살아

나듯, 책을 읽으면서 잠시 잊었던 감각들이 꿈틀거렸다. 호모사피엔스는 신에게 선물 받은 오감이 있지만, 파괴적 문명은 우리 감각 더듬이를 무디게 만들었다. 기후 위기 시대 인간 감각 더듬이는 플라스틱으로 코팅되어 있고, 후각과 청각은 잊고 살아 왔다.

처음에는 시각이 열렸는 줄 알았는데, 가장 동물적 감각인 후각이 반응했다. 짤리고 무뎌진 감각 더듬기가 반응한 이유는 현실적 삶들이 자연과 멀어진 탓이고, 생존을 위해 우리가 다시 자연에 의지해야 하기 때문이다. 인간 삶이 자연에서 멀어진 거리를 우포 따오기 복원 기록으로 증명한다. 따오기와의 공존은 우리가 지향하는 지속가능성이다.

후각은 가장 동물적 감각이다. 산책 나오는 강아지는 끊임없이 자기 냄새를 남기고 자기 존재를 알린다. 호모사피엔스는 먼 옛날부터 먹을 것을 찾기 위해서 냄새를 맡았고, 암컷 사마귀의 페로몬을 따라 날아올라 암컷을 찾아 나섰다. 후각은 우리에게 가장 중요한 동물적 생존 감각이다. 책 곳곳에서 나는 안개를 머금은 새벽녘 습지 냄새와 일몰을 삼킨 산들바람에 날리는 습지의 부들부들 떨리는 향기가 좋다. 책을 읽는 동안 생존 감각, 후각을 깨운 까닭은 습지는 물의 본성이고, 우포는 생명의 동물적 감각이 남아있는 마지막 공간이기 때문인 것 같다.

왜가리 할아버지는 우포에 있는 유일한 사람은 아니겠지만, 우포를 위한 유일한 삶을 선택하신 분이다. 왜가리 할아버지는 평범해 보이는 우포 곳곳을 특별한 의미와 가치를 만들어 생명을 불어넣었다. 평범했던 이태리포플러는 뭇 생명의 평화를 위해 기도하는 어머니 손이 되었다. 생존을 위해 휘어진 왕버들 나무는 오가는 사람들이 만지고 타고 오르는 반가운 동무가 되었고, 우포늪 한구석 고인 웅덩이는 비밀의 정원으로 창조되어 습지의 날것, 야생을 나누는 공간이 되었다. 우포 곳곳을 새로운 가치로 창조했고, 창조한 가치를 세상과 연결시켰다. 왜가리 할아버지는 독한 인간 문명의 욕망 위에 문명에 뚝뚝 떨어진 초록빛으로 생태 문명의 방향성을 제시한다.

『야생동물의 품 우포늪』은 낭만주의 풍경화가 같은 작품이 아니다. 우포늪을 기록한 자연주의자의 역사다. 밀레가 자연에서 일하는 사람들을 통해 인간 존엄을 기록한 화가였다면, 『야생동물의 품 우포늪』은 우포늪 생명을 통해 자연의 존엄을 사실적으로 기록했다. '생태 문명, 생태경제 자산'이라는 지향점들은 지속 가능한 공존을 위해 우포늪이 우리 사회에 던지는 메시지다.

사실주의 작가 톨스토이의 작품, 인간은 무엇으로 사는가(What Men Liveg by)에 산모 목숨을 거두라는 명령을 어기고 쫓겨난 천사가 미하일이 나온다. 구두 수선공으로 인간의 삶을 살다가 세 가지를 발견하는데, 첫 번째 인간 마음속에는 사랑이 있고 두 번째 인간은 스스로 운명을 결정할 수 없으며, 세 번째 사람은 사랑으로 살아간다는 사실이다. 이 세 가지 사실을 발견하고 미하일은 다시 천사가 되어 하늘로 올라갔다.

소설 속 이야기와 왜가리 할아버지의 서사는 닮은 부분이 있다. 지금 선택한 우포늪의 삶은 스스로 결정한 것이 아니라 생명을 업신여기는 우리 시대 상황들이 거대한 원시 공간 우포로 내몰았다. 생명을 지키기 위해 미하일처럼 쫓겨난 자로 인간은 사랑으로 살아가고 있다는 사실을 증명했다. 다른 점은 미하일은 인간은 스스로의 운명을 결정하지 못한다고 판단했지만, 『야생동물의 품 우포늪』은 기후위기 시대 '인간이 스스로 운명을 개척해야 한다'고 말한다. 미하일은 진정한 인간의 사랑을 깨닫고 천사가 되었지만, 우포늪의 생명과 사랑을 통해 진정한 왜가리 할아버지가 되었다.

추천의 글

야생의 길에서 두 손 모으는 자연시인

밀양도서관 사서 김소리

서가 정리를 하다가 우연히 발견한 『비밀의 정원 우포늪』 책을 읽게 되었다. 자신의 이득을 놓지 않으려고 아등바등한 세상에 개인의 삶을 송두리째 우포늪에 맡긴 저자의 삶이 사실 이해가 되질 않았다. 마지막 페이지를 덮으며 '우포늪에 가봐야겠다'란 생각이 들었다. 그것이 책과의 인연이 되었다.

우포늪을 방문했을 때는 늦여름이었다. 유독 많이 내린 비에 며칠 동안 잠겨있던 늪지대가 열린 날이었고 운 좋게도 우포늪 생명길을 거닐 수가 있었다.

주변을 둘러보며 걷는 내게 저자는 바닥에 새겨진 발자국을 하나하나 들여다보며 동선을 파악하고 현재 먹이활동을 다녀간 새들과 동물들의 움직임의 중요성에 대하여 이야기해 주었다. 단순한 배경만 눈에 담아 아름답다라고 느끼던 것이 부끄러워졌다.

우포늪은 나뭇가지의 변형, 연가시들의 변화, 하늘을 나는 새들의 방향, 어느 나뭇가지에 앉아 소리를 내는지까지 매일 일어나는 변화들이 우포늪에게는 긴장감 가득한 생태계 현장이었다. 아무런 생각 없이 웃고 떠들며 걷던 행동에 무게가 실렸다. 그들의 생활 테두리 속에 들어온

낯선 인간은 맹금류만큼 위험한 두려움일지도 모른다는 생각이 들었다. 『야생동물의 품 우포늪』을 읽으며 다시 한번 생각에 잠겼다. 저자는 이 책을 통하여 미래에 대한 질문을 던진다.

사람과 동물이 함께 살아가는 우포늪 생태혁명

저자는 기후 위기 시대에 우포늪에서 일어나고 있는 놀랍고 신비로운 자연 이야기를 우리에게 들려준다. 사람들과 야생동물들의 사이에서 생동감 넘치는 실제 관찰기록을 통해 자연 생태계는 함께 살고 모두 연결되어 있음을 느끼게 한다.

이 책에는 독수리, 고라니, 두루미, 삵, 딱따구리, 물꿩, 황새, 고니, 따오기, 자운영, 물밤, 가시연 등 우리에게 익숙한 동식물들이 등장한다. 자주 대하거나 겪어 잘 아는 상태에 있는 동식물들이 최근의 환경 변화에 따라 점차 개체 수가 줄거나 멸종위기에 처한 문제의 심각성을 드러내고 어떻게 야생동식물들과 사람이 공존하며 살아갈 수 있을지 메시지를 던진다.

"대한민국에서 사라진 따오기와 황새가 만나고, 시베리아에서 방문하여 40여 마리가 겨울을 나고 조만간 떠날 노랑부리저어새까지 한 식구가 되어 먹이활동을 하는 것은 40년 만의 경사입니다."

늪에 빠져서 다음 세대를 생각하는 생태철학

논이나 습지 하천 등에서 지렁이나 미꾸라지를 잡아먹으며 먹이활동을 하던 따오기는 일상에서 사람들과 함께 머물던 새였다고 한다. 한국전쟁으로 서식지가 파괴되고 먹이 부족 현상으로 멸종된 따오기를 복원하기 위하여 중국 양현에서 2008년 한 쌍을 들여와서 야생에 번식한 따오기의 첫 날갯짓을 보기까지 저자는 새벽부터 저녁까지 따오기에 대한 310일 이상의 세밀한 관찰기록을 남겼다. 저자의 관찰기록을 함께 따라가다 보면 우리는 자연의 본모습에 대하여 절로 생각하게 된다. 생명은 그물처럼 모두 이어져 있고 더불어 살아가기 위해 어떻게 해야 하는지 생명과 자연이 전하는 지혜에 자연스레 귀 기울이게 된다.

"이런 평화가 단순히 지역주민들만 조심한다고 지속적으로 유지된다고 볼 수만은 없죠. 이를테면 우포늪에서 아무리 따오기 복원을 위해 노력해도 주변의 먹이터가 제대로 만들어지지 않으면 성공하기가 어렵다는 것은 누구나 알고 있습니다. 그래서 주변의 과거 습지를 복원하고, 따오기들이 움직이는 동선을 파악하여 우선 그 주변부터 서식지를 확보하여 친환경농업으로 전환하는 연결망을 생명그물처럼 촘촘하게 짜야 합니다."

우포늪에서 오래된 미래를 생각하는 저자는 따오기 두 마리가 주변을 비행하는 모습을 보며 '언제쯤 우포늪에 세계적인 희귀조류들이 함께 머무는 장소로 될 수 있을까'를 생각한다.

새들의 움직임을 살피고 대화를 엿듣고 자연의 질서를 관찰하며 자연의 일부로 살아가는 우포늪의 이야기는 우리가 알지 못했던 자연의 언어를 깨닫게 하는 생태 감수성을 높여준다. 이 책을 읽고 나는 산책길에서 만난 철새들의 먹이활동에 방해가 되질 않기 위해 먼 길을 돌아서 걷거나 새들이 날아가며 내는 소리가 다름을 알 수 있게 되었다. 사소하지만 보지 못했던 것을 보게 되고 듣지 못했던 것들을 듣게 되었다.

저자는 왜 우포늪에 사느냐고 묻는 사람들에게 '비밀의 정원 우포늪'

을 걸으며 자연스레 살아간다고 말한다. 미래를 향한 자연과 인간의 공존과 공생을 모색하는 그의 노력이 깊이 있는 철학으로 다가오는 책이다.

세월의 인연 생명길에 숨겨진 보물지도

책에는 굴곡진 삶과 역경이 담겨 있다. 낙동강 페놀 사건으로 만난 인연들로 2010년 아예 우포늪에 빈집을 수리하여 살러 들어간 저자는 시민의 역할을 넘어선 환경운동가를 자처했다. 그와 많은 단체와 기관의 노력으로 2008년 우포늪이 람사르습지로 등록되고 중국으로부터 멸종된 따오기 한 쌍을 들여왔으며 2024년에는 창녕군 전체가 유네스코 생물권보전지역으로 지정되었다.

포클레인과 전기톱 사이에서 온몸으로 막아 지켜낸 버드나무는 현재 징검다리 앞 아름다운 군락지가 되었다. 책에 안내된 생명길을 따라 우포늪을 거닐면 자연이 오랜 시간을 들여 만들어놓은 야생의 길에서 누구나 보폭을 낮추고 생각의 뿌리를 내리게 한다.

자연 속에서 이뤄낸 노력들은 한 장 한 장 넘길 때마다 감동으로 다가온다. 그리고 그에게는 아직도 생생한 열정이 있다.

"야생으로 나아간 따오기들의 행동양상을 밀도 있게 관찰하여 실패와 성공의 사례들을 분석하는 것은 따오기의 야생 안착률을 높이는 중요한 과정이다. 그런데 이러한 전방위적 관찰은 전문기관, 지역주민, 자발적 관찰 봉사자들이 협력하고 교류할 때 가능하며, 상호 교류를 통하여 단편적 정보들을 통합적인 정보로 재생산할 때 그 가치를 발휘할 수 있을 것이다."

"지난 세월 우포늪과 낙동강 배후 습지를 사랑하고, 지키고, 야생동식물들과 함께 살아온 까닭 중에 가장 중요한 심장 노릇을 한 것은 아이들의 미래세상을 위해 아이들과 함께 활동한 것입니다."

야생의 길에서 눈을 감고 두 손 모으는 자연시인

저자는 따오기가 야생에 둥지를 트는 순간에도, 동물들이 오가는 길목에서도, 노을이 내리는 바람 앞에서도, 왕버드나무 앞에서도 어머니라 여기며 가만히 눈을 감고 두 손 모아 자연을 대한다. 오늘도 여전히 현장에서 새들의 작은 움직임까지 관찰하고 있을 저자는 생명이 세대를 거쳐 지속될 수 있도록 사람과 자연이 이뤄가야 할 궁극적인 사유를 안겨준다. 이 책을 통하여 우리는 생물의 다양성에 대한 정보를 얻을 뿐만 아니라 자연의 숨겨진 비밀을 발견하여 우포늪에 푹 빠져들 것이다. 머리맡에 두고두고 읽기를 권한다.

"습지보전과 현명한 이용이라는 평생 화두를 실현하기 위해 오늘은 매화향 맡으며 동네 한 바퀴 돌며, 나무며 새들에게 일일이 안부를 묻습니다."

우포늪 따오기 여행 스케치 1

2020. 7. 20. 14:27

이병우

　우리나라에서 사라졌던 따오기. 복원 사업이 10년이 넘었고, 작년에 이어 올해 처음으로 방사되어 우포늪 주변에서 그들의 삶을 시작했죠. 오래동안 떨어졌 가족을 만나듯이 설레는 마음으로 우포늪을 향했습니다. 전날까지 비 소식이 오락가락하여 연기가 될 뻔했으나, 다행히 임박하여 날씨가 좋아졌고 땡볕을 피해서 시원하게 흐린 우포늪에서 여름 정취를 흠뻑 느끼며 다양한 생명들을 만날 수 있었답니다.

　첫날 오후에 쪽지벌 근처 습지 주변의 후투티, 갈대숲에서 튀어 날아오르는 덤불해오라기, 수수한 깃으로 갈아입은 수십 마리의 원앙 등이 우포의 방문객들을 반갑게 맞이해 주는 듯했습니다.

　저녁부터 선선한 바람이 불어오고, 우포늪 전체를 내려다볼 수 있는 대대제방에서 아마도 우리나라에서 가장 아름다운 노을 중 하나인 우포 노을을 만납니다. 붉은 하늘 아래로 무리지어 잠자리로 찾아들어오는 물새들을 보며 따뜻한 어머니 우포를 느낍니다.

　따오기를 본격적으로 찾아 나선 둘째날 새벽, 5시부터 우포를 크게 한 바퀴 돌면서 따오기 찾아보려는 계획은 예상보다 쉽지 않았습니다. 날씨 탓일까? 주로 모여든다는 먹이터에 오지 않았어요. 그러나 신선한 우포

의 아침공기를 맡으며, 늪을 걸으면서 새벽을 시작하는 새들을 만납니다. 때마침 내린 짧은 빗줄기는 탐조객도 자연의 하나로 받아들여지는 것이 아닐까 하는 마음도 들게 해주었지요.

아침식사 후, 따오기 복원센터를 짧게 방문할 수 있는 소중한 시간이 주어졌는데, 아주 운이 좋게도 그 주변에 방사한 몇몇 개체들이 나무에 앉아서 쉬는 모습을 볼 수 있었습니다. 망원경을 통해 본 따오기의 모습은 우아함 그 자체, '아…!'라는 탄성이 끊일 수 없습니다. 항상 건강하게 이곳에서 잘 있어주기를 바라는 마음이 따오기들에게 잘 전달되었기를, 그리고 다시 만나기를 기약합니다.

우리나라의 다양한 탐조지 중에 우포는 가장 아늑한 곳이 아닌가 싶습니다. 늪과 늪 주변, 논과 산이 모두 자연을 살포시 잘 품어주는 느낌이 곳곳에서 따뜻함이 느껴집니다. 그리고 그것은 우포를 아끼고 살피는 보존활동가뿐만 아니라 이들과 함께하는 농부와 주민들이 있기 때문이 아닐까 싶습니다. 다시 한번 자연과의 공존을 생각해 봅니다.

이번 여행에서 우포를 잘 소개하고 알려주신 우포 지킴이 이인식 선생님께 감사의 말씀을 다시 한번 전해드립니다.

우포늪 따오기 여행 스케치 2

2021. 7. 3.(토)~4.(일)

　장마철의 탐조여행은 날씨의 변화에 더욱 민감하게 됩니다. 여행을 떠나는 주 내내 기상청의 예보를 수없이 보고 또 보면서 금요일 오전에야 출발을 확정하였습니다. 토요일 비는 감수하고, 일요일의 맑은 날씨를 기대하고 여행을 출발했습니다. 날씨는 예상대로 토요일 탐조에 어려움을 주었어요. 폭우는 아니었지만, 오후에 우포에 도착하자마자 내린 비로 인해 우산을 끼고 탐조를 해야 하고, 새들의 움직임도 적어서 수확이 썩 좋지는 않았지요. 번식지로 떠나지 못하고 우포에 머물고 있는 큰부리기러기 한 마리와 청머리오리 한 마리를 오랜만에 만났다는 것이 작은 위안이었답니다.

　둘째 날의 우포 아침은 찬란함 그 자체였습니다. 어제의 찌푸린 날씨는 모두 사라지고 태양의 에너지를 흠뻑 받으려고 우포의 모든 생명이 기지개를 켜는 것이 느껴진다고나 할까요. 그런 멋진 햇볕 사이로 따오기와 물꿩을 새벽 일찍 찾아 나섰습니다. 따오기가 주로 새벽에 먹이활동을 하러 온다는 논에 먼저 들려봤는데요. 번식에 성공한 따오기 가족이 처음 맞는 장마라서였을까요? 이 날은 논에 모습을 보이지 않았습니다. 조금 실망한 마음을 안고 물꿩이 있는 곳으로 이동했는데요. 다행히 물

꿩은 그 자리를 그대로 잘 지키고 있었습니다. 암수 한쌍이 썸(?)을 탈랑말랑 하면서 수초 위에서 먹이활동을 하는 모습은 우포의 아름다운 풍경과 찬란한 햇살 아래 그냥 그 자체로 하나의 미술작품이 됩니다.

아침 식사를 마치고 따오기 복원 센터를 방문하는 길에 센터 부근의 먹이터에서 먹이활동 중인 따오기를 만날 수 있었습니다. 우포의 따오기는 아직 완전한 야생개체로 보기에는 이르지만, 그래도 2년 동안 생존하고, 올해는 번식에도 성공하여서 잘 적응하고 있는 것 같습니다. 참가자 모두가 엉덩이를 주저없이 땅에 대고 앉아서 한참을 따오기에 흠뻑 빠져서 시간을 잠시 잊었습니다. 복원센터 내부와 방사 준비 중인 따오기들과 만나고, 다시 우포 산책로를 더 걸으면서 자연과 내가 하나되는 시간을 좀 더 갖은 후에 전체 일정을 마무리하였습니다.

우포는 따오기가 있는 특별한 곳 이전에, 그 자체로 가장 자연의 그 모습을 그대로 간직한 우리나라의 몇 안 되는 곳인 것 같습니다. 우포가 우포다움을 잃지 않고, 다른 곳에도 좋은 영향을 많이 미쳤으면 좋겠습니다. 아마도 따오기가 그런 전령사 역할을 해줄 것으로 기대해 봅니다.

전체 일정 동안 우포와 따오기에 대해 따뜻한 안내를 해주신 이인식 선생님께 다시 한번 감사의 말씀을 전합니다.

우포늪 따오기여행 스케치 3

2022. 7. 9.(토)~10.(일)

한여름 탐조는 힘든 편입니다. 탐조의 여건에 불편함이 많고 결과도 그다지 좋지 않은 경우가 많기 때문입니다. 그런 면에서 우포늪은 여름 탐조지로서 최적인 것 같습니다. 여름 우포늪 여행은 이번이 세 번째입니다만, 갈수록 탐조의 내용도 더 좋아지고 비슷하게 기획하더라도 우포늪의 생물 다양성이 매번 다른 여행을 선사해 주는 것 같습니다.

올해는 비가 굉장히 적게 오고 있습니다. 남부지방은 더 심합니다. 이번 우포늪 여행에 비가 올 걱정은 하지 않았지만 계속 가물어 가는 것이 걱정입니다. 작년 여행 첫날에 비가 무지하게 많이 왔었던 기억이 있었던 것과는 다르게 우포늪은 너무너무 뜨거웠어요.

본격 탐조는 저녁부터였는데, 3시부터 자유탐조를 시작했습니다. 원래는 사지포 쪽을 살짝 둘러보려고 했는데요. 햇빛이 너무 뜨거워서 비교적 그늘이 많은 우포늪의 서남쪽 탐방로를 가는 것으로 행선지를 변경했습니다. 무더운 날씨에 큰 기대는 할 수 없었고, 우포늪 자체를 무리하지 않고 천천히 둘러보고자 했습니다.

한 군데 자리를 잡고나서 망원경으로 우포늪의 수초 위를 쭉 훑어보려고 하는 순간에 거짓말처럼 물꿩 한 마리가 우리 앞으로 갑자기 훅 날아왔습니다. 그 순간부터 더위는 순식간에 사라지고 모두가 다 물꿩에만 집중하는 시간이 펼쳐졌습니다. 거리도 아주 가까워서 느긋하고 지긋하게 아주 오랫동안 볼 수 있었죠. 물꿩은 주요 목표는 아니었지만 그래도 많은 참가자들이 기대를 하고 왔기에 시작부터 바로 볼 수 있어서 정말 운이 좋았습니다.

저녁 식사후에 본격적인 우포늪 탐조를 시작했습니다.

오랫동안 우포늪의 생태를 지켜오신 이인식 선생님의 설명을 들으며 대대제방을 중심으로 우포늪의 동쪽을 쭉 둘러보았습니다. 우리나라에서 가장 아름다운 노을을 바라보며 평화로운 배경 속의 새들을 하나씩 찾아보았습니다. 아주 운 좋게 한여름의 황새도 한 마리 만났습니다. 수려한 우포늪 풍경 속에서 온몸이 우포향에 아주 흠뻑 젖은 것 같았습니다.

다음날 아침, 따오기를 주요 목표로 새벽 5:30에 탐조를 시작했습니다. 새벽이라도 벌써 훤합니다.

산밖벌을 돌아 쪽지벌을 지나 출렁다리를 건너고 우포늪으로 가는 길은 어제 저녁과는 완전히 다른 아름다움을 선사해 줍니다. 소리는 잘 들을 수 있으나 보기 아주 힘든 새인 검은등뻐꾸기가 우리 일행 위를 소리를 내주며 날아가는 것을 관찰하여 그 전에 소리만 관찰했던 많은 참가자들에게 보는 관찰 기록을 선사해 주고 갔습니다. 게다가 덤불 밖으로 잘 나오지 않는 덤불해오라기도 한 마리가 버젓이 떡하니 꽤 오랫동안 습지 위에 있었습니다. 보이지 않는 새들의 특집 같았지요. 그리고 웬만한 새들보다 훨씬 더 보기 힘든 노랑목도리담비 4마리 가족이 숲 속에서 노니는 모습은 정말 신비로웠습니다. 따오기를 만나기 전에 이미 황홀경의 마침표를 찍어준 것 같았지요.

그리고 마침내 가장 우리가 가장 보고 싶었던 따오기 가족 4마리가 홀연히 우리 앞을 날아서 소나무에 가서 앉아 주었어요. 4마리 중 두 마리는 새끼 따오기이고 이 둘은 서로 다른 부모에게 태어났는데, 지금 한 마리가 다른 쪽 부모에 붙어서 함께 지내고 있답니다. 아기 따오기는 어미새에 비해서 붉은색이 매우 옅어서 마치 오렌지 색 같았습니다. 많은 새들을 즐겁게 보아서인지 새벽부터 15,000보를 걸었는데도, 발걸음은 가뿐했습니다.

아침 식사 후 우포늪 생태관에서 공식적으로 시행하고 있는 복원센터 방문 프로그램에 참여했습니다. 복원의 역사를 듣고, 현재 복원센터는 어떻게 운영되는지 쉽게 이해할 수 있는 좋은 기회였습니다.

전체 관찰종은 43종으로 1박 2일간의 프로그램 치고는 종수가 그다지 많지 않습니다. 그런데 왠지 섬에 가서 100종 가까이 본 듯한 강렬한 느낌이 남았습니다. 그것은 물꿩, 따오기, 담비 같은 귀한 동물들을 보았기 때문만은 아닌 것 같습니다. 우포늪이 정말로 생생한 자연 그대로의 모습을 가지고 있고, 그 속에 있는 진짜 평화로운 야생을 보았기 때문이 아닐까 싶습니다.

이번 여행에 안내뿐만 아니라 늘 우포늪를 늘 우포늪답게 지켜내 주고 계시는 이인식 선생님께 무한의 감사와 존경을 표합니다.

우포늪 따오기여행 스케치 4

2023. 7. 22.(토)~23.(일)

　우포늪의 여름 프로그램은 늘 장마와 연관된 시기에 계획이 되기 때문에 날씨를 항상 주시하게 됩니다. 최근에도 이전 주말, 전전 주말 모두 주말에 비 소식이 있었고, 이번 여행 기간에도 비 소식이 예보되어서 노심초사하면서 날짜를 기다렸는데요. 막상 여행일이 다가오자 비가 오더라도 새벽에 잠깐 오는 것으로 바뀌고, 대체로 흐린 날씨로 바뀌어 여름 프로그램을 진행하기에는 최고였습니다. 아쉽게도 우포늪의 멋진 일몰과 일출을 볼 수는 없었지만, 그래도 우포늪의 저녁과 새벽은 그 자체로 또한 멋지고 포근했습니다. 이번 프로그램은 저희 에코버드투어에서 운영하고 있는 청소년 탐조원정대도 함께 참여하는 형태로 진행되었고, 일정 내내 우포자연학교 이인식 선생님께서 살아 있는 설명을 더해주셔서 더욱 현장감이 있었던 것 같습니다.

　우포늪 탐조 프로그램은 보통 1박 2일로 기획되는데요, 저녁부터 시작해서 그 다음날 점심까지 프로그램을 진행합니다. 가급적 더위를 피하고 우포늪에 저녁과 아침이 주는 찬란한 자연의 선물을 보기 위함이지요. 이번 여행도 토요일 저녁에 저녁 식사 이후에 우포늪 대대제방을 걷는 것으로 프로그램을 시작했습니다.

프로그램을 시작하자마자 우포늪 초입에 장수풍뎅이 한 쌍이 나타났어요. 장수풍뎅이는 어떻게 보면 흔하다라고 볼 수도 있지만, 그래도 막상 야생에서 보려고 한다면은 쉽지 않지요. 우연히 만난 한 쌍의 장수풍뎅이가 이번 여행에 풍성함을 나타내는 징조가 아닐까 싶기도 했습니다. 우포늪에 들어서자 해가 서서히 저물어 갑니다. 뚝방에 서서 저 멀리 우포늪에 따뜻한 자연의 품을 보는 것만으로도 마음이 정말 푸근해집니다. 늪에 아주 많은 물새들이 있지는 있지는 않았어도 새들을 함께 품은 우포늪을 멀리 바라보고 있는 것만으로도 아주 흐뭇했습니다.

제방을 내려오는 순간 한 마리 커다란 새가 참가자 위를 날아갑니다. 멀리서 보았을 때는 왜가리 한 마리가 날아가는 게 아닐까 싶었는데요. 참가자들 머리 위로 날아갈 때는 마치 한 마리가 하늘을 다 덮는 듯한 느낌을 줄 정도로 엄청나게 큰 새, 한새, 황새가 우리를 지나갔어요. 정말 이제까지 보았던 황새의 비행 모습 중에 가장 신성한 느낌이 아니었을까 싶네요.

저녁 산책을 마무리하고 나가는데 새 소리가 발걸음을 잡습니다. 되지빠귀 소리가 처량한 듯 여기저기 울려 퍼지고 멀리 소쩍새와 쏙독새의 소리도 들려옵니다. 그리고 아주 가까운 곳 머리 위에서 솔부엉이가 소리를 냅니다. 머리 위 나무를 보았더니 솔부엉이 실루엣이 보입니다. 이리저리 날아다니면서 먹이를 물어다 새끼에게 주는 것 같았어요. 그렇지만 너무 어두워서 자세히 보지는 못했습니다. 그 다음날 자세히 다시 볼 수 있기를 기대하면서 마무리하고 다시 나가려는데 또다시 발걸음을 잡는 생명체가 있었습니다. 반딧불이입니다. 이전에는 우포늪을 7월 초에 방문하는 경우가 많았는데요. 이번 프로그램은 7월 말에 진행되다 보니 늦반디불이 애벌레들이 나타난 시기가 되었어요. 날아다니는 반딧불이는 없었지만 빛을 내는 어린 반디를 보았죠. 인생 처음으로 반딧불이를 본 분들도 많았는데요. 신비로운 자연을 품은 우포늪을 아주 잘 느꼈습니다. 그렇게 첫날을 마무리했어요.

둘째 날 탐조는 아주 일찍 시작되었습니다. 우포늪 생태관에서 5시에 출발을 했는데요. 물이 불어서 징검다리를 건널 수 없었기 때문에 서남쪽 산밖벌 쪽으로 크게 돌기로 했습니다.

아침 공기는 습하지만 상쾌하며, 저 멀리 여명이 보이고, 햇살에 비친 구름의 빛이 멋집니다.

그렇게 우포늪 산책을 시작합니다. 검은등뻐꾸기 소리가 유달리 큽니다. 출렁다리를 건너서 우포늪에 쪽지벌 부근으로 접근할 때 따오기 세 마리가 나타났습니다. 발견하자마자 날아갔던 따오기들이 멀리 가지 않고 나무에 앉았습니다. 모두가 조심스럽게 쌍안경과 망원경으로 첫 따오기를 차분하게 잘 관찰했습니다.

그리고 마을 쪽으로 방향을 틀어서 따오기가 먹이 활동을 한다는 논에 도착했습니다. 거기에는 어린 따오기 한 마리와 부모 따오기 두 마리가 논에서 먹이 활동을 하고 있었어요. 자연 부화에 성공한 가족들이랍니다. 새끼를 키우고 있는 아주 가슴 흐뭇한 장면을 바라보게 되었습니다.

따오기 복원센터 주변의 따오기들은 방사된 지 얼마 안 된 개체들이 많고, 센터에서 제공하는 먹이에 의존하기 때문에 센터 주변에 주로 머물고 있어요. 보통은 그런 따오기를 주로 보게 됩니다. 그러나 이 따오기 가족은 야생화가 거의 다 되어가고 있는 개체들이지요. 야생에서 새끼를 번식하고 키워내고 있는, 우리가 정말 바라는 자연의 일부가 되어가는 따오기 가족이었습니다. 그렇게 의미 있는 따오기 가족이다 보니 훨

씬 더 오랫동안 앉아서 그들을 바라보았어요. 결코 지루하지 않았어요. 그것이 우리가 우포늪을 찾아서 따오기를 보는 이유인 것 같습니다.

논에서 따오기 관찰을 마치고 또 의미 있는 활동을 하러 갔어요. 우포늪의 아름다운 모습을 사진으로 담고 있는 유명한 사진 작가 정봉채 작가님 집 앞 논에 따오기들이 가끔 온다고 합니다. 그래서 그 논에 먹이를 주러 모두 다 함께 갔습니다. 이인식 선생님께서 미리 준비해 주신 미꾸라지 양동이 두 통을 가지고 논에 가서 뿌려 주었어요. 참가한 청소년들의 따뜻한 마음이 따오기들에게 잘 전달되기를 바라면서요.

아침 5시부터 걸었더니 정말 힘들었어요. 10시에 탐조를 마치고 먹는 아침밥은 꿀맛이었지요. 숙소로 들어와서 잠시 꿀 휴식을 취하고 오후에 따오기 복원센터의 공식해설 프로그램에 참여했습니다. 현장에서 따오

 우포늪 따오기 여행 스케치

기를 계속 지켜보면서 그들에 대한 이해가 높은 해설사의 설명을 들으면서 따오기의 복원, 역사, 가치 등에 대해서 정말 잘 이해할 수 있는 시간이었습니다.

그리고 모든 활동을 마치고 나오면서 전날 솔부엉이가 있던 곳을 다시 한번 가보았어요. 혹시나 그 주변에 낮에 잘 쉬고 있다면 우리가 다시 잘 관찰할 수 있을 거라는 기대였죠. 얼마 되지 않아 참가자 중에 한 명이 "새끼가 한 마리 있어요"라고 외칩니다. 흔들리는 나뭇가지 사이로 솔부엉이가 정말 멋지게 앉아 있더라고요. 나이는 어리지만 그 당찬 눈매가 사람들을 매료시킵니다. 그리고 주변을 보았더니 새끼 한 마리와 성조 한 마리가 또 있었어요. 한참 동안 솔부엉이를 마음껏 볼 수 있었답니다. 그렇게 프로그램이 마무리되었어요.

이틀 동안의 우포늪 여행은 새를 많이 보고 안 보고를 떠나서 우포늪 자체가 주는 매력에 빠지게 되는 그런 여행입니다. 온전히 우포를 즐기기 위해서는 꼭 숙박하시기를 권장합니다. 밤에 저녁에 새벽에 아침에 낮에 우포의 모습은 모두 다르고 모두 다 감동입니다. 이렇게 푹푹 찌는 한여름에도 말입니다.

우포늪의 새벽을 걷다

현장에서 묵묵히 습지보전의 새로운 역사를 쓰고 계신
이인식 선생님과 함께 우포늪에서 하루를 시작했습니다.

물안개 피어 나는 왕버들군락을 지나
따뜻한 아침햇살을 받으며
아웃오브아프리카 배경음악을 듣는
순간 감동의 눈물이 핑~~
비밀의 정원을 돌아 나오며
선생님께서 꿈꾸시는 우포늪 보전과 복원의
큰 뜻이 이뤄지지길 기도했습니다.
선생님,
건강 잘 챙기세요.
_연미샘

    큰부리큰기러기와 노랑부리저어새, 쇠오리와 왜가리, 중대백
로와 큰고니, 그리고 따오기와 왜가리할아버지 이인식샘을 보
고 온 우포행.

    연두빛으로 물든 버드나무 가지와 벌써 피기 시작한 자운영
꽃, 비를 맞으며 밭에서 냉이를 캐는 미란이, 보자마자 서로 알
아본 김천샘과 왜가리 할아버지, 해가 질무렵 노을빛 날개를 펴
고 날아올라 따옥따옥 울음소리를 들려준 따오기, 날아갈 준비
를 하느라 물밤이라 부르는 마름열매를 게걸스럽게 와그작와그
작 씹어먹는 큰부리큰기러기와 주걱모양의 부리로 바닥을 쉴새
없이 훑으며 먹이를 먹는 노랑부리저어새를 보았는데 이렇게 재
미있을 수가. 땅은 원점에서 다시 생각하기로.

    _채식밥상샘

우포늪의 봄맞이

　어제는 봄비가 온종일 내렸다. 보슬비로 내려 많은 양은 아니었지만 땅은 봄의 새싹들이 돋아나기에 충분히 흠뻑 젖었다.

　아침에 안개가 자욱하다. 문득 안개 속의 우포늪이 보고 싶어졌다.

　며칠 전부터 봄이 피어나는 우포가 그려졌다. 물안개가 자욱하게 피어나는 우포늪의 봄날 아침이.

　햇살이 눈부신 풍경보다 안개 속의 그 몽환적 풍경이 왠지 한층 더 그럴사해 보이지 않는가. 인생도 그래야 더 깊은 맛이 있을 거라 싶다.

　아침햇살에 피어나는 물안개는 아니더라도 안개속의 우포늪은 만날 수 있으리라는 설레임으로 서둘러 달려간다.

　한 시간 남짓 달려가 만난 우포늪은 이제막 안개 속에서 비 온 뒤의 마알간 얼굴로 깨어나고 있었다.

　그렇게 봄이 피어나는 우포늪의 둘레길을 우포늪 생명의 길이란 표지판을 따라 쉬엄쉬엄 걸으며 스마트폰에 담는다.

　이 시간, 이 둘레길을 걷는 이가 한 사람도 없다. 촉촉하게 젖은 땅을 딛는 느낌이 좋다. 온 사방 봄 기운 가득한 이 길을 혼자 호젓이 걸을 수 있다는 것 또한 얼마나 호사스러운 일인가. 그 기쁨을 맘껏 누린다. 내게도 봄 기운이 절로 충만해지는 느낌이다.

둘레길 3분의 2지점쯤에 우포 지킴이인 이인식 선생이 마중 나와 있다. 아침에 집을 나서며 우포의 안개에 대해 물었더니 그 시간 쯤에 내가 그곳에 도착할 거라는 걸 알고 기다리고 있었던 것이다. 한때 우리는 환경생태운동에 함께 했던 적이 있다.

환경을 생각하던 교사들의 모임을 주도하면서 마창환경연 활동과 우포늪 람사르 선정에 앞장 서왔던 이인식 선생이 우포늪 생태계와 따오기 종복원에 주력하기 위해 아예 퇴직을 하고 우포늪에 깃들어 산 지도 어느새 십 년이 흘렀다고 한다. 세월의 흐름이 쏜살같다. 그의 머리카락도 백발이 성성하다. 그 동안 우포늪의 생태계 복원과 따오기 종 복원사업에 이선생의 공로가 크다. 그래서인가 이선생의 얼굴과 모습에서도 우포의 야생이 살아나는 것 같다.

우포늪의 겨울 철새들도 이제 거의 다 떠나갔다. 떠날 채비로 바쁜 철새들과 새움을 틔우는 왕버들나무 가지들과 산란기에 접어든 물고기들로 우포늪의 봄은 어느 때보다 활기차다.

사람과 자연이 공생하는 삶, 우리 사회가 아직 이러저러한 한계와 시행착오가 있을지라도 그런 세상을 그리며 나아가고 있다는 것이 고맙고 반갑다. 언젠가 우리 모두 다시 살아난 자연의 품 속에서 신령한 짐승이 될 수 있기를 마음 모은다.

_이병철

우포늪은 여러 갈래 길 있다

비밀의 정원길, 400살 팽나무할배길, 고라니 삶이 다니는 길…. 어제는 자연도서관에서 출발해서 논길을 지나 한터제방을 걸었다. 왜가리 선생님은 '봄길'이라 부르셨다. 왕버들 쇠버들, 버들이 제각각 다른 잎을 내기 시작했다. 눈부시게 예쁘다. 둑길 가에 서 있는 아직 옷 안 입은 나무들이 더 예뻤다. 섬세하게 가지 뻗은 뽕나무 은사시나무…. 오디가 익을 때 또 가기로. 다음엔 헐렁한 바지에 허름한 티셔츠 걸치고.

우포에 갈 땐

생명 땅 우포에 갈 땐
허름한 티셔츠, 헐렁한 면바지 걸치고
꼭 자전거를 데리고
가세요
자전거를 타고
하늘까지 닿은 나무 지나고
물 깊숙이 뿌리 내린 나무 따라
씽~ 하고 달리세요
바람이
깊은 숨 안쪽까지 씻어주고
햇살이 지친 살결 풋풋이 살려주어요

후기

유월과 칠월이면
우포가 더 생명 가득 푸르요
해거름녘 가도 좋아요
지는 해따라
끝까지 걸어봐요
첨벙 풍~덩 뛰어드는 소리 들으며
한 숨 크게 쉬어요
　_조은영

우포에 아침부터 비가 내렸다. 비를 예상했음에도 이인식 선생님의 제안대로 산책을 나선다. 비는 아쉽게 꽃잎을 흩날렸지만, 버드나무 연둣빛은 어쩌지 못했다. 검은 수피에 돋아나는 새싹이 신비롭기 그지없다.

계절이 오면 으레 피어날 꽃이고 잎이라 해도, 살아있는 것 자체를 기적으로 받아들여야 하는 경우가 있다. 우포는 과거, 공장 부지로 매립이 추진되기도 했다. 외관상 살아있는지조차 불분명한 비에 젖은 버드나무 검은 외피의 여린 새싹은 우포의 생애를 단적으로 말해준다.

이곳은 세상에서 제일 작은 항구도 있다. 소목항. 우포 물고기잡이 배들의 정박 장소이다. 소목항에서 맞는 비는 마음의 색을 더 분명하게 드러내 주었다. 우포를 떠나지만 여기서 만나 뵌 분과 자연 모두에게 감사한 마음을 남겨둔다. 떠나는 아쉬움이 남지 않은 이유는, 소목항이 세상에서 유일한 이별 없는 항구이기 때문이라 생각했다.

_김금호_2017년 4월 11일

후기

눈 뜨자마자 맞는 우포늪의 새벽.

아이들이 일어나기 힘겨워한다.

어젠 폭염경보에도 끄떡없이 신나게 논다 했더니

몸이 고단한 모양.

그래도 왜가리 할아버지가 태워 주시는 트럭 맛은

잠들어 있는 세포들을 깨우기에 충분하다.

너댓 시간 늪길을 느릿하게 둘러보았다.

경이로운 모습들과 마주한다.

Bird cafe도,

왜가리의 멋진 얼굴도 가까이서 본다.

우포늪 생물들의 삶을, 이곳 생태를 꿰뚫고 계시는 이인식 선생님의 시선은 각별하다. 따뜻하다.

전생에 무슨 착한 일을 했기에

이런 호사를 누리는가!^^

_송경애_2015년 7월 31일

　　2023년 4월 16일 도서관 개관 기념 초대로 우포에 강연갔을 때 이른 아침 선생님과 함께 우포를 걷다 찍은 사진입니다.

　　고요속에 떠오르는 해를 맞이하며 가만히 앉아 계시던 선생님 모습이 참 보기 좋았던 기억이 납니다. 악의 준동으로 어느 때보다 소란스러운 시절을 살다보니 소음 없는 우포에 다시 깃들고 싶네요.

　　_이우만

황소개구리가
한창일 때인 97년
_김경년

2018년 경남버드페스티벌 때 한번, 2019년 환생교 습지연수
따라갔다가 한 번 뵈었는데 2019년에 다녀온 후 탐조일기를 쓰
면서 선생님 이야기를 써놓은 게 있어요!

_limja Park

인식 형님, 그동안도 건안하셨죠?

형님의 자상한 안내로 우포의 소중한 가치를 새삼 깨달은 우포 방문의 그날이었습니다

날씨가 추워집니다. 입성 따뜻이 하시고 무시로이 영육간 강건하시고 건행하십시오.

　_이상석

부산 교장 연수 때 감동적인 동행이 생각납니다.

　_박두일

2016년 12월 5일 독수리 기다리면서

2019년 1월 5일 아이들과 독수리 먹이나눔 하기 전에
선생님과 독수리 나는 모습 따라하기 했습니다.

2022년 2월 11일 코로나 시국에

—임성택